OURANIA
乌拉尼亚

〔法〕勒克莱齐奥 著

陈寒 译

人民文学出版社

著作权合同登记号 图字 01-2020-7140

L. M. G. LE CLEZIO
OURANIA
copyright© Editions Gallimard, 2006
Simplified Chinese translation copyright
© People's Literature Publishing House 2022
All rights reserved

图书在版编目(CIP)数据

乌拉尼亚／(法)勒克莱齐奥著；陈寒译. -- 北京：人民文学出版社，2022
ISBN 978-7-02-017134-7

Ⅰ. ①乌… Ⅱ. ①勒… ②陈… Ⅲ. ①长篇小说-法国-现代 Ⅳ. ①I565.45

中国版本图书馆 CIP 数据核字(2022)第 075128 号

责任编辑	黄凌霞
装帧设计	黄云香
责任印制	任　祎

出版发行	人民文学出版社
社　　址	北京市朝内大街 166 号
邮政编码	100705
印　　刷	三河市鑫金马印装有限公司
经　　销	全国新华书店等
字　　数	156 千字
开　　本	880 毫米×1230 毫米　1/32
印　　张	7.75　插页 3
印　　数	1—3000
版　　次	2008 年 1 月北京第 1 版
印　　次	2022 年 10 月第 1 次印刷
书　　号	978-7-02-017134-7
定　　价	55.00 元

如有印装质量问题，请与本社图书销售中心调换。电话：010-65233595

目 录

致中国读者　　　　　　　　　1
译者前言　　　　　　　　　　1

我创造了一个国度　　　　　　1
我所见过的最奇怪的年轻人　　10
人类学家的山冈　　　　　　　23
河谷　　　　　　　　　　　　37
红灯区　　　　　　　　　　　50
坎波斯　　　　　　　　　　　66
拉法埃尔的故事　　　　　　　72
奥朗蒂诺　　　　　　　　　　79
拉法埃尔的故事　　　　　　　117
贾迪的故事　　　　　　　　　123
我们的花园　　　　　　　　　131
埃尔门语　　　　　　　　　　134
迷途者　　　　　　　　　　　136
奥蒂　　　　　　　　　　　　139
潟湖的莉莉　　　　　　　　　144

"仰望天空"	151
阿尔达贝托·阿朗萨斯	155
参事安东尼·马尔丹	163
流亡	169
永别了,朗波里奥	177
各行其道	190
半月岛	206
潟湖的莉莉	220
不知何日,也不知何时	226

致中国读者

我写《乌拉尼亚》是为了纪念战争岁月。

在那个悲惨的年代,哥哥和我都还小。

我们躲在法国南方的一个小村子里,因为母亲嫁给了一位英国军医,我们都有可能被德国人送进集中营。

正是在那时,为了克服焦虑,我们创造出一个国度。哥哥读过一本希腊神话之后,决定给那个国家取个天上的缪斯的名字:乌拉尼亚。而我呢,我创造了一种语言和文字:埃尔门语。我们因此排解了不少忧愁。

数年后,在墨西哥的米却肯州生活时,我发现一位名叫瓦斯科·德·吉罗加的西班牙修道士曾于1540年建立过一个印第安人自治村庄,以保护他们免受征服军的欺凌。这个村庄今天仍然存在,名字叫做圣菲·德·拉·拉古纳。当时的村庄采用的是托马斯·莫尔的乌托邦模式。那是一次建立理想社会的尝试,致力于消除等级与贫富差别,使每个人都能在其中找到自己的位置,展现各自的手艺和学识。

当然,那个乌托邦最终落空了。但是,米却肯州的印第安人依然怀念它,他们在日常生活中对抗着在美国影响下的现代社会无节制扩张的资本主义势力。

正是这种经历使我萌生了写一本现代版《乌托邦》的想法。正如《乌托邦》一样，《乌拉尼亚》的中心人物叫做拉法埃尔，住在邻市的历史学老教授叫唐·托马斯，故事发生的河谷是当代墨西哥一个极具代表性的地方，那里每时每刻都上演着古老传统与现代生活模式的对抗，就像瓦斯科·德·吉罗加时代的圣菲·德·拉·拉古纳一样。

我并不想借此批评当下的墨西哥，也没有给我的小说赋予什么社会意义。我仅仅希望通过这本书，使那曾经给哥哥和我以勇气，帮助我们度过艰难的战争岁月的幻梦获得重生。

勒克莱齐奥
2007年10月于首尔

译者前言

乌拉尼亚来自希腊神话,原意为天文女神,小说中引申为"天上的国度"。勒克莱齐奥以其优美的笔触构建出一座美丽的天国——我们头顶灿烂的星空。在坎波斯居民仰望天空的节日中,时间与空间完美地融合在那一双双闪烁着星光的眼睛里。

"我们望见的这片天空,这片拥有太阳和繁星的天空,正是我们的祖先曾经望见的,也是我们的孩子将要望见的。对于天空而言,我们既是老人,又是孩子。"坎波斯的参事贾迪在给"我"的信中写道。贾迪无疑是坎波斯的精神领袖,他凭借自己对人生和世界的理解创建了一个没有贫富阶级,没有长幼尊卑,却富于民族差异,语言差异,生活方式差异和文化差异的"地上的天国"——坎波斯。在这里,知识是用来忘却的。坎波斯居民从不学习书本,他们学习的是自由和真理。坎波斯村里的"异"与此"同"恰好与我们这个存在着文明冲突、种族歧视、语言斗争的现实世界相反。坎波斯恰似真正的天国在大地上的倒影与投射,它是作者寄托在小说中的理想社会的生活状态。不过,作者并没有沉浸在这个乌托邦式的美好世界中,浪漫到忘却现实。

从朗波里奥研究所里的人类学家们为争权夺利而进行的尔虞我诈,到潟湖的妓女莉莉以及摘草莓的妇女儿童所遭受的摧残和压迫,作者痛惜地告诉我们,在我们的世界的某些角落里,美好的生命不能活,丑陋的生命很快活。坎波斯的结局是未知的,也可以说是开放的,在新任女性领袖奥蒂的领导下,坎波斯居民走向了新的土地,新的生活。而与这个"天国"相对的现实世界中呢?"在火山爆发之前,地球上最穷困的地区在时刻潜伏的战争与贫乏中日渐萧索。只有大批逃难者如同海底涌浪一般,前赴后继地撞碎在边境的礁石上。没有什么值得乐观的事情。"而且,没有人可以预知未来。"我们既不知何日,也不知何时",印第安男孩拉法埃尔的这句话在全书中总共出现了四次,甚至被作为最后一章的标题,它回声般地喊出了现世中的人们面对时间的迷茫。然而,尽管现实是残酷的,未来是不可知的,作者依然对生活满怀希望,因为对"天国"的信仰,因为曾经见证过它的存在。正如见识过光明的人都知道,天总会亮的。

小说中的"我"是一个穿针引线的人物,贯穿全书。书中的重要人物,如坎波斯的参事安东尼·马尔丹(贾迪),特立独行的印第安男孩拉法埃尔,善良得如同耶稣在世的朗波里奥的创建者唐·托马斯·摩西,富有正义感的学者胡安·亚居斯,形形色色、丑态百出的朗波里奥的研究员,包括"我"的情人达莉娅及其前夫——激进的革命分子埃克托,都是通过"我"的眼睛来观察的。小说中无疑包含了作者的爱憎与褒贬,但我们应当注意到,作者在人物形象的塑造方面并没有平面化和脸谱化。从拉法埃尔·扎沙里到唐·托马斯,从胡安·亚居斯到安东尼·马尔丹,甚至包括达莉娅,这些作者倾注着深情厚爱的角色身上都或多或少地存在着这样那样的性格弱点,他们的命运也并非简单的悲、喜剧。他们每个人所经历的平淡与坎坷就像我们在真实生活中所经历的一样,读来真实可亲。

在这部小说中,勒克莱齐奥延续了他一贯优美的文风,充满诗意的文笔和喜欢描绘异域风情的创作特点。小说的主体部分以墨西哥为背景,对热带森林、河流、火山和金字塔的描绘惟妙惟肖。透过他清新的文字,我们似乎能够感觉到一股南美洲的热带气息扑面而来。另外,本书在形式上还有一个特点,作者在某些章节中似乎有意将前一章的末尾作为下一章的题目及开头,以此强调全书的连贯性,同时激发读者向后阅读的兴趣,在中国读者看来,或许颇有章回小说中"欲知后事如何,且听下回分解"的味道。那么,小说究竟如何,就请各位看官各自开卷分解吧。

陈　寒
二〇〇七年十月

——纪念堂路易斯·冈萨雷斯

万事震惊,心余平静:
风暴交错似无情,
雨后盼得彩云归,一晌通明。

约翰·欧文
《乌拉农·乌拉尼亚》

我创造了一个国度

那是战争年代。家里除了我祖父于连,再没有男人了。我母亲满头乌发,琥珀色皮肤,大大的眼睛,浓密的睫毛如炭画一般。她每天长时间暴晒在太阳底下。我还记得她小腿的皮肤,在胫骨上闪着光泽,我爱用手指从她腿上轻轻滑过。

我们经常没有什么吃的。听到的消息也总叫人发愁。可是,在我的记忆中,那时的母亲却是个弹着吉他唱着歌的,永远快乐无忧的女人。母亲还喜欢读书,因为她的缘故,我开始确信,现实是神秘的,人只有通过梦想才能接近世界。

祖母跟母亲很不一样。她是北方女人,来自贡比涅或亚眠郊区,祖祖辈辈都是农民,他们保守而专横。祖母叫热尔梅娜[①]·贝莱。这名字很好地概括了她的全部性格:小气、固执、倔强。

她很年轻时就嫁给了我祖父。祖父是另一个时代的人,早先当过地理老师,后来为研究通灵论辞了职。他常常

[①] Germaine 在法文中意为日耳曼女人。

把自己关在一间小屋里,一根接一根地抽黑烟丝卷烟,看史威登堡①。他从来不谈他看的书。只是有一回,当他发现我在读斯蒂文森②的小说时,终于用一种不可抗拒的音调对我说:"你最好还是看你的《圣经》去。"对我的教育,他的贡献到此为止。

母亲的名字很特别。那是个温柔、活泼的名字,一个让人忆起她们海岛的名字,一个与她的微笑、歌声、吉他相称的名字。她叫玫瑰鸥。

战争年代,通常是饥寒交迫的年代。兵荒马乱的年头是否总比平时更寒冷呢?按我祖母热尔梅娜的说法,她所经历的两次战争——第一次是"伟大的",另一次是"龌龊的"——都是酷暑连着严冬。她说,一九一四年夏天,在她们村里,百灵鸟唱的是"大热天,大热天!"可惜直到八月中旬,动员令贴上了墙,村民们才听懂百灵鸟的歌。祖母没有提一九三九年夏天唱歌的鸟儿。不过,她告诉我,我父亲在一场暴风雨中离开了家。他拥抱过他的妻儿,在大雨中竖起衣领,一去再也没有回来。

山里的天,十月份就开始冷了。每天晚上都下雨。雨水在路中间流淌,奏着悲伤的曲子。土豆田里的乌鸦开着各种各样的会,凄厉的叫声充斥着空寂的苍天。

我们住在村口一座老石头房子的二楼。一楼是间宽敞

---

① 史威登堡(1688—1772),瑞典学者,世界灵异大师,著有《灵界记闻》,被誉为"西欧历史上最伟大、最不可思议的人物"。
② 斯蒂文森(1850—1894),英国小说家,著有《金银岛》《化身博士》《诱拐》《一个孩子的诗园》等。

的空屋,以前是做仓库用的,窗户早已遵照占领军司令部的命令堵上了。

我永远忘不了的,是那段岁月的味道。烟味、霉味、栗子味、白菜味,寒冷的味道,忧愁的味道。日子一天一天逝去,我们经历过什么,我们早已忘却。但是,那种味道留下了,有时候,在我们最不经意的时候,它会重新出现。随着那味道,我们的记忆重新浮现:悠长的童年岁月,悠长的战争岁月。

入不敷出。一个四五岁的孩子如何能明白?我祖母热尔梅娜有时会在晚上说到钱的事儿,而我,正趴在我的空盘子上冲瞌睡呢。"咱们该咋办?牛奶、蔬菜,没哪样不贵的。"我们缺的不是钱,而是时间。钱的用处是让人不再考虑时间,不去害怕已经过去的和将要重复的日子。

起居室就是厨房。所有的卧室都很阴暗潮湿,窗户统统朝向一面爬满苔藓的石墙,墙上日复一日地往下淌水。惟独厨房是临街的,有两扇敞亮的窗户。晚上,祖母在窗户上钉一张蓝纸,作为熄灯的信号。白天,我们大部分时间都是在厨房度过的。就算是冬天,厨房里也有阳光。我们不需要窗帘,因为对面没有人家。外面的路是朝山里去的,没什么人经过。每天只有清晨时分会有一辆小汽车呼哧呼哧地往山上爬,喘得像烧开的锅炉。一听见它过来,我就会立即冲到窗边,好瞅瞅那只金属大虫。它没有鼻子,背上驮满了帆布捆着的大包小包。小汽车停在比我们家地势低一点的广场上,不过桥。我弯下腰,可以看到低处的杂草,草尖上是村庄的屋顶和教堂的方塔,方塔的摆钟钟面上刻着罗马数字。我一直没学会看钟,不过我觉得,它似乎一直指着正午。

厨房在春季到处都是苍蝇。我祖母热尔梅娜坚持说,是德国人把它们带来的:"打仗前没那么多的。"祖父笑话她:"你怎么能肯定?你数过吗?"祖母却不依不饶:"都已经十四只了,我看着它们来的。德国鬼子用篮子带了它们来,在这里放了,想让咱们泄气的。"

为了抗击这些昆虫,祖母在电灯泡上贴了些胶带。因为没钱,她每天晚上都要把胶带取下来清理上面的苍蝇,第二天早晨继续用。不过,胶带每取下一回,都会损失一点粘胶。于是,所谓的"陷阱"很快便成了昆虫们的栖息地。祖父呢,他的办法要更彻底些。每天早上,他都用一只修补过无数次的苍蝇拍做武器,开始一天的捕猎。除非打到第一百只苍蝇,否则,他绝不肯吃午饭。餐桌上的漆布可不是我们战斗的舞台,祖母热尔梅娜为了保持清洁,绝对禁止我们在桌上拍死哪怕一只苍蝇。而在我眼中,那块桌布是我生活中最重要的装饰品。其实,那是一块再普通不过的桌布,厚厚的,泛着油光,散发出硫黄和橡胶的味道,和厨房的各种香味搅和在一起。

我在桌布上吃饭,在桌布上画画,在桌布上做梦,有时还在桌布上睡觉。桌布上有装饰花纹,我不知道那是花,是云,还是树叶,或许兼而有之吧。祖母和母亲在桌布上为我们做饭:切菜切肉,削胡萝卜、土豆、蔓菁和洋姜。祖父于连在桌布上炮制他的香烟:把烟丝、干胡萝卜缨和桉树叶卷在一起。下午,祖父母午休的时候,母亲玫瑰鸥开始给我上课了。她翻开书,给我读书上的故事,然后带我去散步,一直散到桥边,看桥下的河水。冬天,天黑得早。虽然戴上了羊毛帽,穿上了羊皮袄,我们还是冻得直哆嗦。有一阵子,母亲总爱向南走,好像要等什么人似的。每回都是我拉住她的手,牵她回家。有时候,我们会撞见村里的孩子,穿丧服的女人,母亲也许会上前跟她们寒暄两句。为了挣钱,母亲在晚上做些缝补的活计,仍然在那块了不起的桌布上。

我相信,正是在这块桌布上,我第一次创造出一个想象中的国度。母亲读的那本红皮厚书里讲到了希腊,讲到了希腊的小岛。我不知道什么是希腊。那是些词语。门外——在寒冷的峡谷里,在教堂的广场上,在我跟着母亲和祖母买牛奶或土豆的店铺里——是没有词语的。那里只有钟声,叫嚷声和木底鞋走在石子路上的嗒嗒声。

但是,红皮书里走出了词语和名字。卡俄斯、厄洛斯、该亚和他的孩子们,蓬托斯、俄刻阿诺斯和乌拉诺斯,布满星星的天空。我认真地听,没有听懂。大海、天空、星星。我知道那是什么吗?我从来没有见过。我只知道桌布上的图案,硫黄的味道,还有母亲唱歌般的读书声。然而,从那本书里,我发现了一个叫做乌拉尼亚①的国度。或许是母

---

① 根据希腊神话,宇宙始于卡厄斯(意为混沌)。艾罗斯、该亚等分别为希腊神话中的爱神、地母、海神、大洋河流之神和天神。乌拉尼亚为天文女神,这里引申为天上的国度。

5

亲创造了这个名字,同我分享了我的梦。

我见到了敌人。之所以说"敌人",是因为我不知道他们究竟是谁,从哪里来。我祖母热尔梅娜痛恨他们,恨到从不叫他们的名字。她喊他们德国鬼子、德国佬。她只说"他们"。"他们"来了。

"他们"占领了村庄。"他们"拦住马路,禁止通行。"他们"毁坏房子。

危险来了,真是难以置信。在孩子的眼中,战争是没有意义的。他们先是害怕,然后就习惯了。正当他们习惯的时候,战争开始变得惨无人道了。

我在脑袋里琢磨着,但并不相信战争就在眼前。和母亲一同去村子里的时候,我一路上都在捡石子。"捡它做什么?"母亲有一回问我。我把石子塞进口袋里,"砸人。"我答道。母亲本该问我:"砸谁?"可是,她已经明白了。她不再问我。她从来不跟人谈论这一切:战争、敌人。这是她的方式:谈别的事,想别的事。但是,她内心深处的忧虑一定是难以承受的。有时候,她晚上不喝汤,独自去黑暗中躺着。

红皮书,乌拉尼亚,希腊神话,在她看来,这些比山里发生的事情更重要。不过,她每天早晨还是要出门,去街头巷尾打听消息,去面包店、杂货铺里听听大家都在说什么。仿佛父亲就要出现在村口,突如其来地出现,就像他当初的突然消失一样。

秋天来了。敌人已经进了村子。外面响起马达声,与气喘吁吁的小汽车不同,马达同时奏出两个声部的音乐,一个尖利,一个低沉。那天早晨,我被马达声吵醒。屋里只有我一个人,我怕得要命。墙壁和地面都在颤抖。厨房里,我看见母亲和祖母站在窗角。她们已经把蓝纸取了下来,阳光涌进厨房的每一个角落,好像过节一样。我祖父于连坐在他的安乐椅上,凝视着前方,我看到他的手有点颤抖。

"达尼埃尔。"母亲轻声唤着我的名字,只是音调有点变了。我走近窗边,她一把将我拉过去,紧紧贴着我,用身体把我护住。我感觉到她的胯骨顶在我脸上,我踮起脚尖,使劲想往外看。

外面的马路上,一列卡车正在缓缓前进,马达的隆隆声震得车窗玻璃在颤抖。车队沿着山路向上开,一辆接一辆跟得很紧,远远看上去,如同一列火车。

我被夹在墙角和母亲的胯骨中间,只能看到卡车的雨篷和车窗,仿佛车里一个人也没有似的。我望着长长的车队,听着隆隆的马达声,车窗的振动声,似乎还有母亲的心跳声,我把脑袋紧紧贴在母亲的胯上。恐惧弥漫着整个房间,整个山谷。除了马达的隆隆声,外面一片空寂。没有一个人说话。院子里的狗在叫唤吗?

过了很久很久。卡车的隆隆声好像永远不会停止似的。敌人沿着山谷继续向上爬,潜入高山的峡谷地带,朝边境方向开去。阳光照射在厨房的墙壁上。我们的头顶上,天蓝蓝的,依然是夏季的天空。也许,云团已经在北边聚集起来了,聚集在高山的群峰之上。刚才被马达声吓跑的苍蝇现在又开始在桌布上跳舞了。可是,祖父于连没想要打它们。他静静地坐在桌前,阳光恰好直射在他脸上。他是那样苍白、衰老、高大、清瘦,他的两只眼睛被阳光穿透,宛如两只透明的珠子,泛着蓝灰色。我不知道为什么,我记忆中留存下来的,竟是祖父的这副形象,覆盖在他所有的照片之上。或许是他那空洞的眼神和苍白的脸色使我明白了我们正在经历的事件的严重性,明白了从我们窗下爬过的、好似一条长长的深色金属怪物的敌人究竟是什么。

那天早晨,马里奥死了。马里奥就像我的大哥哥一样,有时候陪我在屋后的院子里玩耍。他年纪轻,有点疯疯傻傻的。后来,我猜想到,他也许是我母亲的情人,不过这仅仅是个猜测,因为母亲对此从未提过一个字。

我躺在祖母的床上,望着门底下透进来的阳光,开始恍恍惚惚。

大家都走得远远的。我忽然听见一个声音在喊母亲,一个哀叹的声音:"玫瑰鸥!"父亲的脸色很暗,不是在阴影里,那是被烟熏黑的。"玫瑰鸥!"那声音重复着,不是男人的声音,倒更像是我祖母的声音。缓慢地,拖着腔。我时常做这个梦。父亲走时,我还是个婴儿,但我确信,出现在门里的那个人就是他。听到呼唤母亲的那个声音,我感到非常恐惧。我从来没有跟任何人讲过这件事。

那天早晨,正当我做着这个梦的时候,忽然听见一声炸响。爆炸声很近、很响。我被惊醒了。后来发生的事情,我就不知道了。祖母回来了,她去院子里喂兔子。她把兔子藏在柴堆后面,以免被人偷了去。过上一阵子,她就会宰掉一只兔子,把兔皮剥下来。她弄得很干净。我在院子里看她弄过一次。兔子被钉在墙上,地上一摊鲜血,祖母的手红红的。

又过了一会儿,母亲采购也回来了。她买了一个大圆面包,一铁壶奶,还有几根带叶子的萝卜做汤用。她把东西搁在桌上。祖父于连一口一口地喝菊苣汤,吸得很响。往常,祖母准会冲他喊:"别喝那么响,烦死了!"但那天,她什么也没说。母亲好像很伤心。我听见她和祖母低声说着什么,她们在谈马里奥。我当时并没有听懂。后来,很久以后,战争结束后,我才明白。马里奥要去桥上安放一枚炸弹,那是敌人去山口的必经之路。

当我终于明白马里奥死去的时候,我回忆起了所有细节。人们以各种各样的方式向祖母描述马里奥的死。马里奥穿过村口的高地,他把炸弹藏在包里,一路飞跑,也许被一个小土块绊了一下,他摔倒了。炸弹爆炸了。可是,人们没有找到他的任何东西,这很神奇。

马里奥似乎飞向了另一个世界,飞向了乌拉尼亚。年复一年,我几乎要忘却这一切了。直到那一天,过了很久以后,我偶然遇见了那个

我所见过的最奇怪的年轻人

我搭乘自曼萨尼略港驶往科利马市的汽车,穿越墨西哥西部旅行。我上车时,车上已经挤满了人。我径直向车厢尽头惟一的空位走去,当时并没有注意到我的邻座。汽车开动以后,因为热,他把车窗摇了下来,然后用胳膊碰碰我,示意不知道从车窗吹进来的风是否会妨碍到我。我告诉他,正相反,我觉得很舒服,他微微笑了笑,向窗外望去。过了一会儿,他又转过脸,告诉我他的名字:"拉法埃尔·扎沙里。"于是,我也自我介绍了一下:"达尼埃尔·西里图。"并向他伸出手去。男孩犹豫了一下,并没有握我的手,只是飞快地碰了一下我的指尖。除了互道姓名,我们俩一句话也没说。这时候,我才发现,我的这位旅伴有点不同寻常。为了后面不再赘述,我先简单描述一下他的相貌吧。

这是个十六七岁的男孩,衣着整洁:蓝布长裤,白短袖运动衫,颜色有点旧了。又短又密的褐色头发像豪猪刺一样竖在脑袋上,棕色的圆脸线条倒还柔和。他长着印第安人的五官:精致的鼻子,宽宽的颧颊,细长的黑眼睛,没有眉毛和睫毛。我还注意到,他没有耳垂。

互道姓名的时候,他的表情令我惊讶。在他这个年纪的少年中,这种表情是不多见的。他神情严肃,同时又显得很开朗,一点儿也不憷人,大胆直率,甚至显得有点幼稚。所有这一切,我都是在我们用眼神交流和奇怪地用手指触碰的一刹那间察觉的。后来,男孩再次把头转向车窗。于是,旅行就在我俩互不搭理的情形下开始了。

我的旅伴似乎对窗外的风景比车厢里的事情更感兴趣。他倚在窗上,被风沙吹得眯起眼睛,专注地望着窗外飞驰而过的街道和行人。我们的汽车一路上马达轰鸣,还不时地吹两声喇叭,马达声和喇叭声在高楼大厦间回荡。

过了特科曼市,汽车终于摆脱了飞扬的尘土和喧嚣的城市,驶进一个峡谷,先是沿着阿尔梅利亚河干涸的河床向上爬,随后又爬上了火山。

我坐在车尾,正好位于车轮上面。所以,哪怕汽车的一丁点儿颠簸,马路的一丁点儿裂缝,我都能感觉得到。转弯时,我必须抓住前座的把手,以免被弹到走道上或者重重地摔在右边的邻座身上。可是,那男孩似乎并没有察觉。他继续望着窗外飞速闪过的无聊透顶的风景——现在,车窗几乎已经完全被他摇上,外面的一切都被窗户染成了绿色。

我很难想象,面对着这样单调乏味的风景,他究竟能够感受到什么。车厢里,乘客们一个个昏昏欲睡,仿佛在比赛谁能第一个睡着。他们之中大部分是来自哈利斯科州或者米却肯州的当地农民,全都穿着节日的盛装,从他们缀有绒球的草帽和上浆的短上衣一眼就能看出。除他们以外,车上还有一些远道而来的旅行者:厌倦了城里的阳光和夜生活,从瓜达拉哈拉或墨西哥城到曼萨尼略和巴拉-德纳维达海滩度周末的大学生。

车厢里,空气闷热极了,再加上尘土和尾气,气味更加刺鼻。除此以外,还有人味儿,发酸的汗臭味,不过,这些还不是最让人难受的。

过了一小会儿,拉法埃尔对我讲话了。他给我看他的手表,蓝色金属表盘,亮晃晃的,就是小贩在市场周围兜售的那一种。表链也是金属的,金灿灿的。男孩用夹杂着一点日耳曼口音的西班牙语跟我交谈。"我在曼萨尼略买的,"他告诉我,"这是我的第一块手表。"我不知道该怎么回答,所以只好像应付小孩子那样傻傻地说:"哟,挺漂亮的嘛!是电子表还是机械表呀?"拉法埃尔有些得意地望着我说:"你知道,我去的那地方,根本没有电子玩意,这是机械的(他用的是西班牙语 de cuerda)。""买得对,"我说,"机械的好,我的也是机械的。"我从裤兜里掏出祖父的那块老式凸蒙怀表,那是他留给我的惟一记忆。"你瞧,旧得很,而且老是慢,可我喜欢。"

拉法埃尔非常仔细地研究了我的表。还给我的时候,他问:"'Junghans'是什么意思?""是它的牌子。这是德国表,战前造的。"拉法埃尔想了一会儿,又问:"怎么是德国的?你在德国住过?"然后又补上一句:"很漂亮,跟很多旧东西一样。"我说:"是我父亲,他战前在德国,宣战以后去了法国。"

拉法埃尔转过脸,向窗外望去。我想,他一定是觉得无趣了。过了很长时间,他又开始找我说话。他问了一些关于我父亲的问题,问他是做什么的。我告诉他,我父亲在战争中牺牲了,那时候,我还在襁褓中,所以对他没什么印象。我之所以这样说,是为了把事情简单化。我不能告诉他,我父亲失踪了,我再也没有得到他的音讯。"那你娘呢?"我愣了一下,告诉他:"她老了,我觉得,她已经没有再活下去的欲望了,她可能要到一个专门给老人待的地方去,她连自己是谁都弄不清了。"

拉法埃尔不解地望着我问:"好奇怪。人怎么可能不想活?"又说:"在我们那儿,还不是很老的人也很想活。他们从来不会想到要去专门给老人待的地方,他们希望一直和我们待在一起。"

我问他:"在哪儿,在你家吗?"他没有立刻回答。过了一会儿,他告诉我,我平生第一次听到这个名字:"那地方叫坎波斯①。"

许久,我们一句话也没说。绿色的车窗外,横断的火山被晒得发出一团团白光。我向下瞥了一眼阿尔梅利亚河床。汽车接着驶入了一片尘土飞扬、单调乏味的平原,我想到了鲁尔福②作品的背景——科马拉城,如同一块被太阳烧成白炽状的锻铁,在那儿,人类是孤独地活着的影子。

这是一个让人心惊的地方,从一个世界通往另一个世界的地方。我想多了解了解我的邻座。

---

① 巴西地名。
② 胡安·鲁尔福(1918—1986),墨西哥小说家,魔幻现实主义代表人物,著有中篇小说《佩德罗·巴拉莫》。小说的主人公要去科马拉寻找生父,一路上遇到三个女人,最后竟发现她们都是鬼魂,而自己也已经死在寻父途中。原来,科马拉是一座死亡之城,影射着故土家园的颓败,阐述了人类的生存危机以及无法掌握命运的挫折感。

"给我讲讲坎波斯吧。"我说。

拉法埃尔用不信任的眼光打量着我。

"那里和别的地方没什么两样,"他说,"没有任何特别的。就是个村子,如此而已。"

小伙子转变了态度。他的表情忽然变得谨慎了,还带着敌意。我知道,是我的问题让他不高兴了,让他感觉到我的好奇。或许,我并不是第一个注意到他的处世态度、相貌和衣着特征的人。他似乎习惯于疏远"包打听"。

我终于琢磨出另一种不太像审讯的提问方式,但他似乎已经猜到了我的意图,因为他首先开口了:"如果你真的想知道——我出生在魁北克,狼河。我娘去世以后,爹爹一直把我带到坎波斯,因为他没法再管我了。"

他顿了顿,我以为他要继续讲自己的故事,但他却说:"告诉你,在坎波斯,我们有个习俗。男孩女孩一旦长大(他用了印第安语:desarrollado),就得离开村子,到他们想去的地方去,去看外面的世界。很多人去了大城市,瓜达拉哈拉,或者墨西哥城。有钱的去了其他国家,美国,或者哥斯达黎加。但我想看海,自从离开家乡以后,我就忘记了大海的样子。所以,我才坐上了去曼萨尼略的车。我花的钱都是我自己挣来的。我买了好多塑料玩具,拿到集市上、沙滩上卖。我给自己买了一块表。可现在,我又没钱了,所以我要回坎波斯去。好啦,关于这个问题,我没什么别的可说了。"

讲完了这个小故事,他似乎相当满意,而我却很难相信。他让我觉得自己在跟一个戴着孩子面具的老滑头谈话。他好像早已把答案预备好了,只等着我发问。

"唔,你喜欢曼萨尼略的海吗?"

他这才放松下来,重新露出无忧无虑的表情:"太美了,"他说,"它是那么大,太大了,不论白天黑夜都能看到海浪扑向沙滩。海浪是从哪里来的呢?"

他望着我,眼睛亮晶晶的。我知道,他不是在述说,而是在提问。

"我不知道,"我回答说,"从世界的另一头吧,从中国或者澳大利亚来,我猜。"我的答案没能让他满意。

他又谈到坎波斯。

"告诉你,坎波斯,我住的地方,是个很小的村子,在一个山谷下面,那儿有一座高山。一开始,我刚到那里的时候,以为山的外面什么都没有了,以为那里就是世界的尽头。我想念家乡,想念狼河,想要逃回家去。可是后来,我学会了遗忘,我习惯了没有爹爹的生活。我很高兴能去曼萨尼略,去看看那座城市,看看城里各式各样的人,看看大海。每天晚上,我都坐在沙滩上看海浪。"

汽车沿着曲曲折折的山路向上爬。我们已经看不见阿尔梅利亚河床,也看不见干旱的平原了。不过,钻出一个峡谷之后,我们看到了两座雄伟的火山的轮廓。那是水火山和火火山,火火山被白云遮住了。

我把火山的名字告诉拉法埃尔,他显得兴致很高:"太棒了!"接着又用教导的口气对我说:"世界上到处都是美丽的东西,但我们却可能一辈子也没机会见识。"

我又斗胆提了一个问题:"我们还可以通过书本来了

15

解呀。喂,你上学吗,在你们坎波斯村?"

拉法埃尔仍然盯着火山,我的问题肯定又令他感到不快了。但是过了一会儿,他回答了我的问题。

"在坎波斯,我们没有您所说的学校。在坎波斯,小孩不需要上学,因为到处都是我们的学校。不论任何时候,不管白天黑夜,我们说的每句话,做的每件事,都是我们的学校。我们也要学习,但不是在书本、图片里,我们有我们的方式。"

他说得很轻,几乎压着声音。他所说的,在他看来都是理所当然。从某种角度说,坐在山路上颠簸动荡的车厢里,面对着眼前雄伟壮观的火山,他的话显得字字铿锵,不容置疑。

"我们也有男老师、女老师——就是我们的哥哥姐姐,他们教我们所有我们应该知道的东西。"

"他们也教你们读书,写字吗?教你们算术、代数、几何、地理和历史吗?那样难道还不算学校吗?"

我终于把他逗乐了。他的笑不是他那个年纪的男孩子应有的笑。我确信,我从来没见任何人那样笑过。他不仅眼睛在笑,嘴巴在笑,嗓子在笑,他的整个身体都在不出声地笑。

"你笑什么?"我问,"我的话让你觉得好笑吗?"

拉法埃尔碰了碰我的胳膊,"抱歉,老兄,我没别的意思。你说的那些,在书本里都能学到,我指的是你们墨西哥人的书。"

我想反驳他,我并不是真正的墨西哥人,不过我已经察觉,这并不重要。

拉法埃尔愿意再告诉我一些事情："在坎波斯,我们不说算术,代数,几何,地理,还有你刚才说的所有那些科学。"他顿了顿,然后靠近我,小声说:"我们说的是:真理。"

我肯定地告诉他,听到他说那个词——verdad 的方式,我感到一阵战栗。从那一刻起,我开始相信坎波斯的存在。

我有成百上千的问题要问他。可是,车厢并不是理想的谈话场所。颠簸的车身,晃动的车窗,还有正午逼近车厢的暑气。很快,我那奇怪的旅伴就无心顾及风景,沉沉地堕入了梦乡。

我们在科利马下了车。我本该继续坐到瓜达拉哈拉的,我和一个叫做瓦卢瓦的大学历史系主任约好,在那儿一起制定我的调查计划并商讨我需要的推荐信名单。可是,当拉法埃尔·扎沙里拎起包下车时,我不知道为什么,竟然跟着他一起下车了。我们在人行道上站了一会儿,眼睛被阳光刺得睁不开,耳边似乎还响着隆隆的马达声和呼呼的风声,脑子昏沉沉的。

后来,我们沿着一条栽满金凤花的美丽的林荫大道向市中心走去。拉法埃尔出神地打量着周围的一切,好像这里的东西都是他从未见过的一样。看到我跟着他,他并不吃惊,只是淡淡地说了一句:"你和我一样,不忙。"随之浅浅一笑。实际上,我想到了即将错过的约会,想到了所有事情都要向后顺延。但那一刻,协助发展组织①及其任务,特

---

① 法语原文为 Organisation pour le Developpement,是法国的一个为发展中国家提供帮助的组织。

帕尔卡特佩河谷的地图绘制计划，对我来说都不重要了。

我们来到广场上。拉法埃尔找了木兰树下的一条长凳坐了下来。天空蓝得耀眼。在这儿，我们看不见火山，可我仍然感觉到它们的存在，在左边的什么地方，在那些现代建筑物后面。

"我爱这座城市。"拉法埃尔说。语气之庄严，倘若换成其他任何一个人来用，都会显得滑稽可笑。"我要在这儿过夜，明天回坎波斯。"

我们在广场上的卡西诺旅馆要了两个房间。这是一家有内院的老式客栈，天花板很高。天黑之后，我们回到旅馆大厅，那里其实是一条从广场通到内院的长长的走廊。红色仿皮靠椅沿走廊面对面摆放，有点像苏联风格。走廊入口处的办公桌后面，坐着旅店的老板，一个沉默寡言的西班牙人。他正在专心致志地看报纸，对面前正在闪动的足球比赛的电视画面毫不关心。

夜色柔美。我们坐在靠椅上，一边吃西瓜，一边喝从拱廊下隔壁店里买来的苏打水。蝴蝶围着廊灯飞舞，不时能看见一只蝙蝠掠过走廊，发出极低的焦虑的叫声。

"有一位老人告诉我，从前，耶稣会会士住在坎波斯，"拉法埃尔说，"他说，那时候，坎波斯还不是真正的村庄，不过是田野里的一块宿营地，有一些小木屋，还有一座教堂。正因为如此，人们才给它取了坎波斯这个名字。他跟我说的这些，都是从他祖父那里听来的，他祖父年轻时曾在那里工作过。后来，爆发了革命，政府一把火把那儿烧得干干净净，教堂变成了马厩。坎波斯的一切都被毁掉了，只剩下几堵旧墙和教堂的塔楼,其余的全被拆除了。这就是老人告诉我的,但他不知道那里又住过什么人。开始,那儿只有几间小木屋,后来,人们又造了墙,存放谷子的地窖,重修了教堂塔楼,还围着村子建了一圈高大的砖墙,以防偷盗。可是,我们的领导者,我们称为'参事'的那人刚到坎波斯的时候,那里只有一片废墟和教堂的塔楼,但墙还在。现在,坎波斯又重新住满了居民,像从前一样。"

他停了几分钟没有说话,然后总结道:"说是这么说,你要知道,对于我们坎波斯人来说,这不过是个故事而已。"看到我满脸惊奇,他又补充道:"故事,你知道的,就是那种哄小孩子睡觉,帮老人回忆回忆年轻时代的故事。"

我说:"那么,你说的所有这些都是编造的喽?"他笑了起来:"是真是假,对我们坎波斯人来说,都是一样。我们不只把看得见、摸得着的东西当作真实的。静止的东西就在那儿,但它们会变,一旦上了我们的舌尖,它们就不再是同样的东西了。"

我突然有一种奇怪的感觉,因为我竟然在此时此地,在跟一个昨天还不认识的男孩谈论真实和虚幻,在这家旅店的走廊上,面对这台闪烁的电视机,这个沉浸在报纸中的西班牙老头,望着夜晚的蝴蝶围着廊灯飞舞,听着看不见的蝙蝠掠过时发出的叫声。

拉法埃尔站起身。他想围着广场兜一圈,观察观察这里的人。他先回房间冲了个澡,出来时浑身湿漉漉的,精神焕发。他的黑头发用了洗发膏,散发出古龙香皂的味道。

在街上,他非常打眼。姑娘们都笑嘻嘻地望着他。他呢,大摇大摆,故意把步子放得慢吞吞的,宽宽的脸颊上挂着一抹自命不凡的微笑。有一会儿,他挽着我的胳膊,就像南美洲国家的男人们之间那样随意。他凑到我耳边说:"你瞧见那姑娘了吗?鬈头发那个。"我承认自己什么也没看见。拉法埃尔耸了耸肩。

"你总看不见应该看见的东西。我们围着广场转一圈吧,那姑娘是不能错过的。"

广场上的人都在围着中央喷泉兜圈子,那儿有一座样子吓人的莫雷洛斯雕塑。人们自然分成了两个同心圆,分别沿两个方向转圈,一个圆是男人,一个圆是女人。孩子们最自由,他们开心地冲各个方向乱跑,不时撞在大人身上。此情此景令我想起凡·高的油画《囚犯》。

幽暗的光线中,人们眼睛发光,牙齿发亮,显得有些狰狞。马路上,汽车也在围着广场兜圈子,车上的广播响得让人头昏脑涨。

突然,拉法埃尔抓住了我的胳膊。我们前面是三位排在一起走的姑娘。她们很年轻,正在漫不经心地闲逛。这是三个时髦女郎,两边的都穿着牛仔裤,肥短无领长袖运动衫,只有中间那个穿着极紧身的西装套裙,这就是拉法埃尔注意到的姑娘。灯光下,她的鬈发光泽极好。她们仨与我们擦肩而过的时候,那鬈发的姑娘回过头,目光正好和拉法埃尔撞在一起,时间很短,也就是眨眼的工夫。

"你瞧见了吗?她看我了!"拉法埃尔非常激动。他古铜色的脸涨得通红,细长的眼睛被脸上绽开的笑容挤成了一条缝。

我感到惊奇的是,这个来自我闻所未闻的离奇之地的男孩,来自号称自由和真理至上的坎波斯的男孩,竟然在转眼之间变成了一只爱慕虚荣的小公鸡,急不可耐地要去征服少女的心。

我本来可能会说些令他不快的风凉话,可我忍住了。为了在外省小城的广场上萍水相逢的小丫头的一个眼神,就准备抛弃一切跟她走,在一个小伙子身上,这样的行为毕竟不算不正常。

三个姑娘在稍远的一个卖冰淇淋的小贩跟前站住了。拉法埃尔扔下我,朝她们走去。我在一张锻铁长凳上坐下来,这种长凳在墨西哥各大城市的柱角边随处可见,以纪念波菲里奥·迪亚斯①。我一边抽烟,一边望着兜圈散步的人们。等我朝那三个姑娘的方向望去时,我发现拉法埃尔已经跟她们走了。

我有点沮丧,觉得很疲劳。我回到卡西诺旅馆,上楼进了房间,一头倒在帆布床上,连衣服都懒得脱。广场上的喧闹声,多媒体音响②的音乐声,孩子们尖利的叫喊声从气窗里传进来。屋顶的天花板被路灯镀上了一层微弱的黄光。我想等拉法埃尔·扎沙里回来再问他一些关于坎波斯的问题。后来,我开始迷糊了。

---

① 波菲里奥·迪亚斯(1830—1915),分别于1876年至1880年,1884年至1911年两度任墨西哥总统,是拉丁美洲著名的右派军人独裁者。
② 原文为英语。

那晚,我睡得不好。广场上的噪音,房间里积聚的热气,对人血如饥似渴的蚊子,勒住我肋骨的帆布带。直到拂晓时,我才睡着。

我醒得很迟,太阳已经照进窗户了。

广场上空荡荡的。只有满地的油纸和玉米棒子证明昨晚有人在这里活动过。

我下楼喝咖啡时,那西班牙人递给我一张对折的纸条,并告诉我:"你同伴给你的。"纸条上的字体是圆体的,看上去有点稚嫩:"我们既不知何日也不知何时。"我没看懂。我想,我大概还没有睡醒。

旅店老板告诉我,拉法埃尔一早就搭过路车去莫雷利亚了。别的他就什么也不知道了。他又举起他的密密麻麻挤满字符的报纸,仿佛开始的仍旧是同样的一天。

人类学家的山冈

从圣巴勃罗路边缩进去,位于俯瞰河谷的一个石子山坡上。朗波里奥的人类学家们把地皮买在了这里。当我刚到河谷,第一次看到这地方时,这里还是一个黑石山坡,到处是火山喷发留下的残迹,被山洪冲刷出一道道沟痕,现在是旱季,山里几乎没什么水,但每年雨季一到,山洪便一下子涨起来。在这样的旱地里,仍然生长着一些矮小的植物:浑身带刺的灌木丛,大蓟和仙人掌。

过去,从来没有人当真对这山冈产生兴趣,只有几个牧羊人在山冈上放羊。当初,人类学家们很可能是为了得到一把仙人掌果实从当地农民手中买下了这块地。

山冈周围是居民带。那里与其说是村舍,不如说是窝棚。房子都是用箱子拆下的木板,没和砂浆的水泥、砖头,加上生锈的钢板拼搭起来的。房子里住的是一些被叫做"伞兵"的人,统共五十来户人家,腐败律师们为了逃脱合法所有者的土地征用,把他们拉过来占地。这帮人搭乘着来路不明的卡车,突然之间出现在这里,一天之内就搭好了他们的板棚。等到政府的征用令一发布,他们立刻卷铺盖走人,顷刻之间便消失得无影无踪。

"伞兵"们散布在河谷中、马路边、灌溉渠旁,直到洛斯雷耶斯路的垃圾场,到处都有他们的板棚。

人类学家对他们的邻居不感兴趣,视若无睹。他们在朗波里奥开设研究中心之初,就决定在这里投资房地产,大兴土木。找到这块风水宝地的是中心主任,一位叫做梅南德的还俗教士。他想把这里建成一处能够"静心悟道"的圣地:一座六角形建筑,中间设置一个内院,屋内为将来的学生分出思考间和工作间。他景仰方济会修士和巴斯科·德基罗加主教,想要重建墨西哥十二使徒时代潜心研究的氛围。他希望把自己的家和山冈变为全体研究员和哲学家聚会的场所。结果,他的确成功地把朗波里奥人类学系的大部分学者都吸引到这座石山上来了。秘鲁研究员吉耶摩·瑞兹在山冈顶上买了一块地,打算在那儿盖一个小型庄园,建造玄武岩墙壁、罗马瓦屋顶,还有朝向河谷和奥朗蒂诺潟湖的大观景窗。

由于工程预备建造在陡峭的山坡顶上,瑞兹准备买一头驴子来运送生活必需品兼带接送子女。他已经替驴子想好了名字:卡利邦。他还打算建一个仓库饲养家禽,养一些火鸡、母鸡,没准还会养一头山羊。他准备把平坦的地面租给一个农民种玉米和南瓜,他说,那不仅可以满足他的口腹之欲,还能使他在进行人类学研究的同时,享受到风吹过树叶的悦耳的沙沙声。

当然,所有这一切都还处在计划阶段。不过,几个月下来,我已经看到山冈上人气渐旺。

大部分研究员没那么阔绰,他们的房子是墙贴墙盖起来的。社会学家恩里克·摩格隆把他的建房任务包给了一个名叫加洛的当地建筑师——我不知道他为什么有个外号叫鸡嘴,也许是因为他长了一头红毛的缘故吧。他正着手在山冈脚下建造一座混凝土城堡,受巴拉干①的启发,他把房子刷成了深蓝色,设计之复杂,看上去如同一件巨大而丑陋的、叠过来折过去的折纸作品。

逐渐地,又有一些新研究员开始加入梅南德的计划,并且表现出惊人的兴趣。他们中的大部分都来自墨西哥城,已经获得博士学位,有些还在北美洲的休斯敦、得克萨斯的奥斯汀,或者佛罗里达的塔拉哈西的名校里学习过。被朗波里奥雇佣的时候,他们虽然已经结过婚,有了孩子,但还没有钱,仍然像大学生一样住在墨西哥环城区、阿茨卡波察尔科、伊塔帕拉帕和卫星城的小公寓里。

朗波里奥在一夜之间为他们提供了一种全新的生活。他们因此可以梦想拥有一幢自己的房子,有花园、内院,还有喷泉池。

人类学、政治学、经济学不仅为他们敲开了黄金屋,还使得他们家喻户晓。语言学、语文学、社会学不再仅仅是象牙塔里的学问,不再仅仅只能换得专业杂志上的几篇文章或者参考文献中的一条索引。

河谷中,他们都是些硕士、博士。大银行纷纷为他们举办招待会,为他们的研讨会提供会议厅,帮他们搞音乐晚

---

① 路易斯·巴拉干(1902—1988),墨西哥著名建筑师,主张将建筑与景观相融合,将传统建筑艺术与现代建筑技术相结合,作品极富诗意和想象。

餐,替他们举办展览,此外,还向他们提供优惠贷款,帮助他们实现坐拥房产的梦想。

山冈已经成为了他们的地盘。每逢周末,房子还没建好的研究员都会带上全家老小来到这里。他们把车停在山冈脚下的石子路上,刚好划出一条他们和伞兵区的界限。

他们自己爬上山冈,穿过岩石,来到尚未建好的墙壁中间野餐,把铁钎搁在准备用做钢筋混凝土的铁丝和混凝土块搭成的烧烤炉上烧烤。

"伞兵"的孩子们有时候会冒险跑过来。不过,他们不敢靠近。他们被烟熏黑的小脸从仙人掌后面,从玄武岩墙壁之间露出来,仿佛戴着假面。他们只是默不作声地张望,一声不吭。不消有人来赶,只要有人手里拿着易拉罐望着他们笑,小家伙们便立刻像受惊的麻雀似的飞一般地逃走了。他们穿着破衣裳,赤着脚从岩石上跳开,一声不喊,一声不笑。

朗波里奥的部分研究员开始抵制人类学家对山冈的过分痴迷。反对者主要是历史学家:唐·托马斯·摩西,他是朗波里奥的缔造者,帕蒂·斯托布、卡洛斯·贝特朗、埃杜尔多·谢利,还有瓦卢瓦,他就是我在协助发展组织工作的联系人。这些人更喜欢老市中心,那儿的石头房子是西班牙治下曾经辉煌一时的河谷留下的遗迹,房子里没有舒适的起居设备,满地是蝎子和蟑螂;不过,由于天花板很高,内院又有大树荫蔽,即便是五月也很凉快。他们的保守,究竟是因为他们的专业是历史,还是他们中的大多数就是当地山里人,出于乡下人的本能,对新生事物感到怀疑?或许他们从来不曾梦想离开他们的城市和故土,跑到钱堆上来过日子。

刚到河谷时,我也选择住在了市中心五月节①大街一套宽敞而简陋的公寓里,对面是一座没有建成的、荆棘丛生的小教堂。事实上,我确实别无选择:最好的城区,比如河堤区、半月区;名字响亮的豪华小区,包括复活小区、天堂小区、果园小区,那些地方离哪儿都远,而我又没有车。至于人类学家的山冈,我压根就没觉得那种地方可能存在。

我第一次去山冈,为的是参加梅南德家大楼的揭幕仪式。那是九月的一天早晨,天空蓝得透亮。山坡上开满了紫色的花儿,那是一种爬在熔岩间的甘薯藤。汽车停在圣巴勃罗,我步行穿过了伞兵区。

在墨西哥,有一点和别处不同:如果你是个陌生人——也就是说,即使你的穿着跟墨西哥人一样,跟墨西哥人一起挤公交车,行为尽量不引人注目,你还是和墨西哥人不一样——你谁也看不见,但每个人都看得见你。你走在大街上,走到住户门前,孩子们会立刻逃走,你碰见的女人全都裹着蓝色披巾,男人全都待在街角,靠墙蹲着,帽子歪戴在脑袋上。你经过的时候,他们会把眼睛转向一边,只顾盯着地面上的一颗石子或者一块木头。他们看样子好像在打

---

① 每年5月5日是墨西哥的五月节,纪念1862年墨西哥战士击溃法国侵略者。

盹,但每个人都知道你是谁,做什么的,要往哪儿去。

在伞兵区,我有点晕头转向。迷宫般的街道,千篇一律的破房子,干涸的水沟,还有流浪狗。后来,我终于找到了通向山冈的路,一条碎石遍地、坑坑洼洼的破路,路的上方,摇摇欲坠地停着朗波里奥研究员的吉普车和大货车。

这条路几乎与地面垂直,坡角足有七十五度,下雨时水流肯定跟瀑布差不多。

我到达人类学家的地盘时,庆典已经开始了。门口的柱廊搞得有点做作,上方弄了个石拱,下面是两扇刷漆的木门,门上还镶着铜钉。这扇大门肯定纯粹是用来吓唬人的,因为沿街的居民都只能造得起简易门框。门大开着,我走了进去。

梅南德站在大楼的台阶上迎接我。他是个矮胖子,头有点秃,上身穿着淡粉色的短上衣,裤子太短太紧,受罪地箍在他肥胖的大腿上。

传闻费德里戈·梅南德(他没有保密)还了俗,因为他太喜欢堂区里的小男孩了。他热情地拥抱了我,给我的衬衫印上了一种紫罗兰的清香。

"真荣幸能在这儿见到您,大家都在等着您呢。唐·托马斯介绍过您,大家都迫不及待地想见见法国著名地理学家,他们有很多问题要问……"我认识梅南德的时间很短,还是瓦卢瓦在人类学系为我引见的,不过我已经牢牢记住了他的絮叨。

"来,请进,我来把您介绍给我们的研究团队。"

梅南德的大楼设计有几扇朝向内花园的玻璃大门。花园中间,支架上坐着一个大肚子火盆,铁钎上的肉正烤得发焦。这一定是人类学家们钟爱的仿田园风格。火盆周围摆放的一块块玄武岩是为来宾们准备的座位。

梅南德开始介绍了:"这位是达尼埃尔·西里图博士,来自巴黎大学。"我常想,对那些南美洲毕业生来说,"巴黎大学"能意味着什么呢?也许就跟华雷斯①边境出售的T恤上印着的"美国大学"差不多吧。

尽管来历不同,人类学家们已经形成了一支坚如磐石的团队。到场的有厄瓜多尔的莱昂(萨拉马戈),智利的阿里亚娜(露兹),秘鲁吉耶摩(瑞兹),阿根廷的安德烈(马图斯),哥斯达黎加的卡洛斯(德·奥卡),以及墨西哥人恩里克·维加,鲁本·伊斯特邦,玛丽娅·芒德,维克多·罗扎,还有一些我已经不记得名字了。最后一个来到朗波里奥团队的是个叫做加尔西·拉扎罗的西班牙人,那家伙三十来岁,看上去冷冰冰、病怏怏的。他立即被研究小组留用,安排在半月区的一幢小楼里。在那儿,大家为他准备了一场幽默的欢迎仪式:他浴室的壁橱里被放了一只蜥蜴。第一天晚上,当加尔西打开壁橱放置洗漱用品时,头上突然掉下一只冻僵的蜥蜴,他吓得半裸着跑出了浴室,逗得躲在走廊上的人类学家们大笑不止。正是此类小玩笑把团队研究员紧紧团结在一起。当然,作为法国人、地理学家,我被安排单独居住。人类学毫无争议地成为人文科学中的皇后。研究岩石和褶皱、为特帕尔卡特佩河谷绘制土壤学地图,在一

---

① 墨西哥北部城市,与美国相邻。

般人眼中,这能有什么用呢?

因此,在费德里戈·梅南德的介绍和赞美结束之后,谈话的主题离我而去,转而变成我一窍不通的东西。纸盘里的烤肉在大家手中传来递去。这些烤焦的肉,带着浓重的煤油味儿,非得让你放在嘴里嚼上半天,才能下决心一口气吞下去,并紧跟着咽一口可乐。

我侧身向旁座的阿里亚娜问道:"这是什么?"

她扮了个鬼脸:"牛心。"吉耶摩的狗蹲在她身边。她说:"请像我这样,喂狗吃。"

将近下午四点,天开始下雨。大颗雨点落在木炭上,发出难闻的怪味。人类学家们躲进大楼里,由于房间过于狭小,他们不得不分成两拨。

梅南德为了尽地主之谊,殷勤地在客人中间跑来跑去,给大家倒桑格利亚酒、朗姆酒可乐和西瓜汁,让大伙儿挨个儿传盛猪肉冻[1]和榅桲冻的盘子。喧闹中,我透过香烟的烟雾望着他大腹便便的身影,他好像在踮着脚尖跳舞,两条短胳膊像企鹅似的扑扇着,好穿梭于宾客之间。他显得很可笑,似乎又有点可怜。他是山里人,不像那些从墨西哥空投过来的研究员,对这个偏僻的地方满怀轻蔑,就因为此地的居民基本上都是靠卖草莓和鹰嘴豆发迹的农民。他在乡下出生,家境贫寒,家里除了让他去上神学院,没钱供他读其他学校。作为一名还俗教士,他还是多少保留了一些宗教人士的特点。尽管他矮胖的身躯和夸张的动作显得滑稽

---

[1] 原文为西班牙语。

可笑,他身上仍然留有他印第安祖先的某些傲慢的轮廓特征,比如鹰钩鼻、宽脸盘,还有令人想起日本幕府时代征夷大将军的厚眼皮。

加尔西·拉扎罗那一撮人说话很大声,笑声也很响。我不太知道他们在讨论什么,好像在谈一个皮条客,一个叫做恶鬼的当地小流氓。他们还说出一些姑娘的名字,我忽然明白,他们笑的是他们之间的色情暗语。对于我这样一个不懂西班牙俚语的人来说,他们的交谈实在不大好懂。我听到豆荚、干酪、麦秸①之类的词,看样子应该都是那种词。这使我想起了自己的中学时代,想起那些关于阴茎长度,阴道收缩力的下流暗语,也都是让人发笑的秘语。

我又转向阿里亚娜:"他们在说谁?'恶鬼'是谁?"

她并没有露出窘迫的神色,不过,要对一个初来乍到者从头说起,她似乎有点嫌烦:"他们在说红灯区,你知道吗?就是妓院区,本地所有的妓女都在那儿。"

我想我明白了,但我一直不明白他们为什么要谈这个。

"是加尔西的主意,他们觉得有意思。他们准备成立一个研究红灯区的单位,决定好好研究研究。"

阿里亚娜·露兹是个肤色很深的姑娘,一个具备典型印第安人特征的智利人。她一个人住,已经获得了社会人类学博士学位。显然,她对那个新来的西班牙人很感兴趣,就是那位头发略带金黄、长着一双鼓鼓的蓝眼睛、明显没有下巴颏的大个子,那位玩世不恭,夸夸其谈,自负而放荡的

---

① 原文为西班牙语。

研究员。

现在，加尔西·拉扎罗开始谈论一个姑娘，一个名叫莉莉的印第安小姑娘，刚从瓦哈卡州的乡下家里过来。她模样生得娇小可人，只是身材略微臃肿了点。他津津有味地描述她的胸部和腹部，她的腰部到臀际之间有一段文身。他模仿她的腔调，模仿她傻兮兮的回答他问题的方式。跟她谈话，他是付钱的，而且要出一般客人的两倍。"她一讲话就尖声尖气的：'是的，先森。不，先森。'搞得像个女仆，女黑奴。"周围的人爆发出响亮的笑声表示同意，男性味十足的笑声。他们一边喝朗姆酒可乐和桑格利亚酒，一边开始补充："莉莉对门口看门的门卫说：'我可不喝白酒，我只要一杯苦比他咖啡，警察先森，我只要一小杯苦比他咖啡①！'"莱昂·萨拉马戈抽着他的小雪茄说："那次我去得晚一点，不知道加尔西刚走。我们一进房间，她就开始脱裙子，最后又拎起来。我告诉她，我是来问问题的。她居然拎着裙子问我：是现在问还是待会儿完了再问，像另一位医森先森那样？"他们把眼泪都笑出来了，一个劲儿地推加尔西，推得他趔趔趄趄，把半杯桑格利亚酒泼在了自己的衬衫上。

墨西哥人维加，罗扎，瓦卢瓦，亚居斯他们都站在另一边。

胡安·亚居斯从前也是神学院的学生，典型的印第安人，棕色皮肤，总是穿黑色衣服。传说他是米却肯州从前的

---

① 咖啡的一种，味苦。

君主伊雷查家族的后裔。托马斯·摩西请他依据土著纳华人最纯正的殖民地传统,在朗波里奥研究中心授课并研究塔拉斯各龙①。我第一次同他交谈是在图书馆里,他起初好像不大信任我,后来就慢慢放松了,因为他明白了我不是来投资这块美丽土地的"资方"圈子里的人。他住在埃米利亚诺·扎巴塔小区,在库鲁塔兰火山山坡上,那里是平民区,孩子们喜欢在尘土飞扬的大街上嬉戏。

亚居斯和我一起,端着苦咖啡来到院子边上坐下。刚下过雨,雨水招来不少蚊子,空气闷热。"他们笑的那个莉莉是谁?"我问道。亚居斯没有什么特别的反应,仍然是一脸固执和忧郁。朗波里奥的人们都说,胡安·亚居斯是个大文人,大酒鬼。是唐·托马斯的保护使他保住了研究员的职位,其实,很多人类学家都希望他趁早滚蛋,回他的阿兰特帕夸村去。"这个印第安人②。"摩格隆,贝特朗,斯托布提到他时都这么说。至于托马斯·摩西为什么要保护他,那一直是个谜。是因为怕他?还是出于一个本地混血儿对一个印第安君主后裔的本能的怀疑?总而言之,亚居斯不愿回答我的问题。他只说:"一个婊子,你都听到了,一个红灯区的姑娘。"他赞成加尔西·拉扎罗小组那动机可疑的研究计划么?他好像对此并无兴趣。那不过是一个把包括纯科学在内的一切都当作权力追求方式的团队成员所制造的不值一提的搞笑事件中的一个小变奏而已。

---

① 传说中的一种怪兽。
② 原文为西班牙语。

又喝了几杯苦咖啡之后,我再次回到加尔西那群人中间。加尔西·拉扎罗已经说完了。他看上去很累(因为在红灯区度过的那些夜晚)。他失去光泽的金黄色头发耷拉在脸上。虽然嘴巴说累了,他的目光却依然炯炯有神,鼓鼓的蓝眼睛浸着一种凶恶的液体。他的身边,支着坐垫四脚拉叉地躺在地上的,是边抽烟边闲聊的人类学家们。我不知道为什么,我希望谈话重新开始,希望能把他们好好教训一顿。

"你们怎么会把一个妓院妓女的生活当好论题呢?"

一阵惊愕的寂静。因为提问的竟然是一个地理学家,还是个法国人,无知无识,连"文化适应"和"文化交杂"都搞不清楚,最好还是拎着他的小锤子,夹着他的标本包,丈量土地,采集标本去吧!

莱昂·萨拉马戈站起身,给了我一个保护性的拥抱。

"这个,我们还是能把个人情感和调查工作区别对待的,"他用一种神秘的语气对我说,"我们在谈一块'地',噢①!您可不要误会我们的本意,我们笑,并不代表我们的话题不严肃嘛。"我没有听他的,仍然目不转睛地盯着加尔西。我感到体内酒力发作,怒火中烧:"不,你们谈的不是什么'地',而是一个人,一个生活在水深火热中的姑娘,一个我们不愿意把她出卖给她最邪恶的敌人的姑娘。她是'恶鬼'的奴隶,陷入泥潭无法自拔,她被山里一半男人玩过,包括那些种草莓的、种鳄梨的,名人、显要、银行家,甚至

---

① 原文为西班牙语,语气词,表示惊异、赞叹或不快等。

还有朗波里奥的教授和研究员们,而你们却把她称做一块'地',或许你们是在打比方。是的,那是一块已经龟裂的、被小花小叶占据着的黑土地,莉莉那帮妓女的孩子们在土地上劳碌着,为的是给'草莓湖'提供原材料,给迈克·考密克生产果酱。你说的,也许是那挖地的棍子和移栽庄稼的手,每天清晨采集草莓的细细的手指。每天清晨,正是那可怜的姑娘在毒品和酒精里醉生梦死,躺在她的房间——那座活地狱里被迫工作的时候!"

加尔西耸了耸肩。他哧哧地笑,还趴在他的邻座耳边唧咕。他每一个字都听见了。可是,吵闹的谈话声已经重新开始了。阿里亚娜·露兹试图挽回局面:"你没有搞清楚,达尼埃尔,大家真的在谈一个计划,绝对不是那个他们根本不感兴趣、只是稍微开了几句玩笑的姑娘。"

显然,我喝了太多的朗姆酒可乐,没能控制住自己的情绪。我在寻找胡安·亚居斯,寻找那个墨西哥人的帮助,可他们已经到另一个房间去了。我找不到一个支持者,不得不让自己陷入尴尬的局面。

萨拉马戈让我坐下,开始向我解释:

"你是个地理学家,老兄,在我们拉丁美洲,这是份奢侈的职业。你可以在你们那儿做地理学家,在法国、美国,想在哪儿就在哪儿。没问题,我们尊重你的专业。但我们,我们干的是另一件要紧事,非干不可,别无选择。我们得把手伸进脏兮兮的'机油'里,搅动那摊东西,哪怕味道再难闻也得干。我们是急救医生,没时间等在这儿,讨论什么女人的权利,从权利到形象、尊严,所有这些。告诉你,老兄,我们时间紧迫,我们面对的是泥石流。你知道,我们的手总是浸在那些脏东西里。"

一切都结束了,而我还在徒劳地反驳:"我觉得,人不是机油。"然后又补充道:"就算是机油,那也不是研究的主题,你们不能通过这样的方式来做研究。您让我想到跟被解剖的尸体开玩笑的大学生。"

阿里亚娜显得很激动:"你有什么权力对他们的工作评头论足?"她迷恋加尔西·拉扎罗那朦胧的微笑。她在说谎,很有可能。她应当知道红灯区是区域研究中最糟的主题。

萨拉马戈陪我一起出来。他的雪茄熄灭了。雨水滴在他的长发上,滴在他已经生出银丝的胡子上。此刻,他就像宙斯,更像是米开朗琪罗雕刻的摩西。他试图结束这场争吵。

"你知道,地理学家和人类学家,就像艺术家和社会学家一样,向来水火难容。"说着,他的脸上闪过一撇狡黠的笑:"这可不是我说的。这是你的一个老乡,哲学家吉尔·德勒兹①说的。"

听到这儿,我转身逃走了。我深一脚,浅一脚,冒着雨,沿着又黑又滑的石子路向山下走去,向"伞兵区"走去。我沿着人行道走进城里,走进

---

① 吉尔·德勒兹(1925—1995),法国哲学家。1952年发表处女作《休谟及其生活:著作和哲学》,电影理论方面的代表作有《运动——影像》和《时间——影像》。

河　谷

　　这里的路面崎岖且狭窄,两侧的人行道很高,中间汪着水坑,不,是水塘,是污井。汽车打着探照灯开过,水一直淹到半个车身的高度,大团泥浆溅到稀稀拉拉的行人身上。他们披着塑料袋,忙不迭地往两边躲闪。

　　八月,蓝天穹庐般地笼盖着火山,河谷被水淹没了。水,黑色的、发臭的水,从排水沟里溢出来,从田野深处涌出来,慢慢地,慢慢地流过水沟,流过停车场和路肩。城市四周,一望无际的稻田闪着金灿灿的光泽。

　　我在这个季节来到河谷,搭的是西方公共汽车公司(Autobuses de Occidente,)的车("西方公共汽车公司"中的西方 Occidente 一词与 Accidente[①] 音形相似,因该公司的车机械状况很差,戏称"事故车"),莫雷利亚省。我手头有一项为时三个月的任务,可以延期,有三本笔记要做:一本是关于特帕尔卡特佩河谷的土壤学记录,一本是河谷的土壤分布图,还有一本是巴希奥的地理行政区划图。我的所谓盘缠,是协助发展组织研究部主任科斯莫教授致朗波里

---

　　① 该词意为"事故"。

奥研究中心主任托马斯·摩西博士的一封推荐信。信中,科斯莫教授热情赞扬了曾在法国图卢兹学院求学的瓦卢瓦教授。

我不确定自己来这里究竟想要寻找什么。或许是去国离乡的感觉,又或许正好相反,我要寻找现实,一种我在法国接受的教育中从来没有了解过的现实。我满脑子都是数据,那是一份列满计划的档案:拉丁美洲的食品缺乏蛋白质,工厂雇佣童工,剥削妇女劳动力,农民因负债被迫向首都、向美国边境流亡;报告打印稿,技术卡片,协助发展组织、联合国粮农组织和联合国教科文组织公报。

来到河谷的第一天晚上,我住在市中心的彼得·潘旅馆。屋顶檐槽里淌下来的水把我的一半材料都淋湿了。我到五金店买了一根绳子和一堆衣夹,把材料挂在靠窗的地方晾干。我的房间看上去就像一间假钞制造厂。

一天又一天过去了,我开始渐渐地了解这座城市。城市布局是环环相套的同心圆。正中心是广场,种着修成蘑菇形的木兰树。孩子们在老合唱学校里玩捉迷藏。教堂就在市政厅和监狱旁边,监狱的围墙是泥巴做的,应该不会给越狱犯造成很大麻烦。外面一圈是集市,首先是搭篷集市,出售化妆品、服装、光盘、磁带,还有为数不多的供游客留念的小饰品。进入集市时,我们经过了一条由锻铁和碎玻璃搭成的长廊,长廊上出售钝刀①、奶糖、番石榴酱和醋泡仙人掌。教堂左边的巷子里全是旧货铺。巷子的尽头伸出一

---

① 原文为西班牙语。

条短短的羊肠小道,那儿有三家彩扩部和仅有的一家复印打字店。再外面一圈,是挤得向外漫溢的水果和蔬菜市场。与达莉娅相识的第二天,我去了那里,没想到我们后来竟然成了情人。那时候,她刚到河谷,她对我说:"如果你对一座城市感到陌生,那就到集市上去了解它。"我说:"可我更喜欢去电影院,不过没关系,我还是陪你去集市吧。"

达莉娅·华是波多黎各人,几年前来到墨西哥。她嫁给了一个萨尔多瓦人,一个被流放的革命者,毕业于自治大学①。孩子出生后,他们就分手了。达莉娅的丈夫经济条件较好,得到了儿子的抚养权。她于是来到这里,在朗波里奥研究艺术史啦,民族民间音乐啦,反正是那一类东西。达莉娅是个褐色头发的高个子女人,肤色像烤焦的面包,眼珠的颜色像蜂蜜。她高挑而灵活,阴阜上方的肚皮上有一条紫色的疤痕。我第一次看见她赤身裸体的时候,曾经问过她:"这里是怎么了?"她伸手捂住肚皮,捂住那块变硬的赘肉。"我儿子法比就是从这儿生出来的。我不能叫他凯撒,所以给他取了个拉丁名字。"

我们在菜市上边走边逛,她拉着我的手。因为个子高,她微微弓着背,一只手在前面拨开挡路的篷布。我们闻到一股冲鼻的气味,是芫荽,番石榴和烤辣椒的味道,还有从盖着水泥网的街沟里流出来的污水的味道。我们不时暴露在太阳下,周围是成群的红色和黑色的胡蜂。感觉还挺不错。我们最后看到的是停车场旁边的小路,卡帕库阿罗的

---

① 墨西哥国立自治大学是全国最大的综合性大学。

印第安人在那里出售歪歪扭扭的松木毛坯家具,那味道很好闻。至于当地人的模样,我们是通过一个双腿残疾的家伙见识的。那人看不出多大年纪,撑在小车上吃力地在人群中往前滑行,每只手握着一只熨斗,就像布努埃尔①电影里的一样。我给了他一张纸币,他瞥了我一眼。下午,我们带着大包小包的水果回到彼得·潘旅馆,开始狼吞虎咽地吃甜西瓜,芒果和野香蕉。我们把床垫扔在地板上,躺在床垫上做爱,为的是不把床绷弄断。之后,我们一起迷迷糊糊地望着窗帘上的光线变化,望着云朵渐渐布满天空。这也是了解这座城市的一种途径,感受它的砖瓦屋顶、挤满小汽车的马路,还有旧式广场和大商业中心。通过这种感受方式,我们可以不再觉得自己只是匆匆过客,反倒觉得我们要在这里待上一阵子,或许很久。

第二天,我在老教堂前找到一间出租房。我们花了几个小时把房间布置了一下:一张铺着灯心草席的双人弹簧床垫,一张被我锯矮的杉木桌,三把在五月节大街的流动小贩那儿买来的低椅。我们的房间里已经有了一台生锈的大冰箱,声音吵得像患了哮喘的狗,还有一只油腻腻的炉灶。我们还得再买两只带减压阀的煤气罐和一些厨房用具。起居室的两扇窗户朝向老教堂,不需要挂窗帘。在卧室的窗户上,我想挂一块布,达莉娅却想糊报纸。她这人其实骨子里不太像姑娘。我们还有一个小房间,本来可以用做书房

---

① 路易斯·布努埃尔(1900—1983),西班牙电影导演,受弗洛伊德和法国超现实主义者布勒东的影响。代表作有影片《一条安达鲁狗》《无粮的土地》《被遗忘的人们》等。

的,达莉娅却决定留给法比,一旦她得到孩子的抚养权就把他接过来。

达莉娅很喜欢做菜。她常常做她童年时在圣胡安①吃过的菜:拌了豆瓣和蔬菜的米饭、鳕鱼、炸车前。我不问她的过去,她也不问我。我想,我们都很感谢对方,不喜欢刨根问底。

她情绪不大好,有时候酒喝得特别多,朗姆酒可乐或者帕罗马斯,在橙汁里加苏打水的甘蔗烧酒。她常常在床垫上缩成一团,眼睛盯着窗户上的报纸。爬起来的时候,她脸色发灰,眼睛浮肿,好像刚刚在水里憋了很久才上来似的。我们不说话,但我们都感觉得到,这一切不会持续很久。我要写关于特帕尔卡特佩河谷和小农征地的报告,我会到别的地方去生活。在法国,我将会成为一所小学院的教授,我会远离这个人口过剩的河谷。而她是不会离开的,骨肉之情终究难舍难分,她永远也放不下她的儿子。但我们都情愿相信,这些都不那么重要。

每晚六点起,城市便开始拥塞。汽车从四面八方经由主干道或五月节大街开进城里,围着广场兜圈子,等着向西边进发。广场好像在发烧,四驱、越野车、皮卡、道奇-大公羊、福特-护林人、雪佛兰、丰田、日产-边境轰隆隆响,汽车的大轮胎在滚烫的沥青上擦出的嘎吱声,柴油味,呛人的尘土味,那隆隆声中还夹着一种低沉的跳动声,一种持续不断的突突声,时而远,时而近,一下接一下,如同一只将广场和

---

① 波多黎各首府。

市中心楼房紧紧裹住的,身体奇长、内脏跳动的动物。

隆隆声一响,我们就会从午休中醒来,大脑迷迷糊糊,因为做爱,身上还黏黏的。"听,"达莉娅说,"好像在打仗。"我一边抽烟,一边望着客厅天花板映出的已经开始跳动的夜晚的灯光。"那更像是庆祝会。"其实,我感觉到达莉娅很担心,那是她祖传的在夜晚来临前的恐惧。"是那帮卖草莓和鳄梨的家伙,哪儿来的都有,想跟我们炫一炫他们有多厉害。"

达莉娅瞎编了一些小说,依据的都是她的亲身经历。小说里,她总是一名共党分子,逃离波多黎各之后,爱上一个革命者并嫁给了他。

"不过是在炫耀他们有钱,好招引女人,"达莉娅很激动,她捂住耳朵喊道,"滚他们的蛋!带着他们的票子,女人和破车!"

我没法使她平静。我本来可以推说该对那些破车和噪音负责的不是他们,汽车也不是为他们发明的,他们不过是一些爆发致富的农民,不过是长长的经济依附链上微不足道、可有可无的一环。

达莉娅躲进厨房,点了一只大麻烟。她塞住耳朵的方法,是用随身听听她的波多黎各音乐、鼓声、萨尔萨①的舞曲声。

雨季行将结束时,河谷每天晚上都挤满了人。豪门公子

---

① 一种拉丁舞。

哥坐在有色玻璃车窗后面,坐在通体鲜红,绘着火、龙、忍者和阿兹特克①战士的汽车里,重新占据了他们的父辈因卫生糟糕而逃离的市中心。他们来自市郊、大农场和富人区:光荣区、半月区、未来区、花园区和新世界小区。他们是草莓帝国的继承人,腰缠万贯:艾斯卡朗特、夏莫罗、帕特里西奥、德拉维加、德拉维尔尼、奥尔甘、奥利德、奥尔莫斯家族……

很久以来,他们的父辈一直用饱经沧桑却富丽堂皇的粉红色老石屋去交换那些刷成红色或黄色的加利福尼亚式水泥别墅。别墅是一种新哥特式城堡,屋顶是仿板岩设计,装饰有假阁楼,大理石列柱门廊。别墅里有按摩浴缸,外面有心形、吉他形和草莓形的游泳池。

不过,他们也没有放弃自己在城里的权利。他们把自己的住宅改造成大商店、多层停车场、电影院、冷饮店或者高乔②式的烤牛排餐馆。

就在这座被遗弃的城市里,在这崎岖的人行道上和无遮无盖的阴沟中间,唐·托马斯创立了朗波里奥,一个致力于人文科学的高等教育研究中心。

托马斯·摩西并非出身于将河谷玩于股掌之中的草莓种植者或鳄梨生产商那样的大家族。不过,他倒也来自名门望族,世代书香。他的家族为国家贡献了一代又一代法官、教师和神甫,并且在战争和革命中保存住了自己的实力。他不是河谷本地人,而是基土潘人,那是位于特帕尔卡

---

① 阿兹特克人,指墨西哥的印第安人。
② 南美洲潘帕斯草原上的游牧民。

特佩河源头的一个小山村。

我第一次见到他,是在朗波里奥,他的办公室里。他彬彬有礼的款待令我感到非常愉快。我见到的是个胖胖的小个子男人,黄褐色皮肤,头发很黑,长着一双印第安人的温和的眼睛,唇上留着过时的板刷式小胡子,不仅如此,他全身都是过时的打扮。他身上穿着一套栗色西服,上装似乎已经穿过很久了,里面一件蓝色短衬衣,秀气的小脚上套着一双擦得乌黑锃亮的皮鞋。他在大学里教了一辈子历史,终于在五十岁上创办了这座小小的学院,一方面是出于对故土的热恋,另一方面也是为了挽救传统和记忆中应该保存的东西。他为学院取了朗波里奥这个谦逊的名字,意思是"菜市场"。为了解决房租过高的问题,他把学院设置在河谷里一座典雅的老式房子中,房子是他从那帮贪得无厌的创办人手中及时抢救下来的。

房前是宽敞的门廊,外设西班牙式栅栏,与马路的喧闹隔离开。房子只有一层楼,屋内的老式房间全部打通,落地窗统统朝向内院。院子里种有橘树,还有蓝釉瓷砖喷泉池。研究者们就在这儿,在这浓厚的殖民地氛围中举办各种会议并教授课程。

每隔一周,周五晚,朗波里奥的大门都会向河谷居民敞开。这是唐·托马斯的主意,可谓相当荒唐:他要砸烂社会等级与偏见的枷锁,让农民和普通老百姓也能登上大雅之堂,让文化自由化、平民化、流动化。听到这个主意,首都来的研究者们开始窃笑,尤其是那些人类学家,那些为肚子里的几滴墨水而自鸣得意的家伙,那些把知识与权力混为一谈的人。他们不太相信跟农民会有话可说。"就凭那帮打扮得人模狗样的乡巴佬儿?那帮星期五晚上跑过来做弥撒,其实是为了张着大嘴听听拉丁语的印第安人么?"

不过,他们承认,学院对外开放有一个好处:"至少,他们不能再说我们疏远他们,或者说我们藏着什么不可告人的秘密。"厄瓜多尔人类学家莱昂·萨拉马戈毫不掩饰自己对唐·托马斯的轻蔑。他一本正经地撇着小胡子说:"哼,这都是老头子出的天才主意啊!他想把针对我们知识分子的所有批评都扼杀在摇篮里。"他大概不会晓得,托马斯·摩西喜欢看着那些在甘蔗地里辛勤劳作了几个世纪的奴隶的子孙能够每月两次进入维尔多拉加庄园的豪华住宅。这真正是一场革命啊!

一见我进门,托马斯立刻精神起来:"地理学家来了!太棒了!真是千载难逢的机会!"他控制了一下自己激动的情绪,接着说,"您可以给我们讲一讲地理学的功用。"

他毫不迟疑地打开记事本,一页一页翻动着:"今天是八月六号,二十号我有事,九月三号我不在,十七号家乡庆祝会刚结束,大家都还在城里,好极了,您能来吗?"我不知道有什么理由拒绝他,没剩几天了,我得拿出一篇像样的西班牙语发言稿。唐·托马斯靠在皮椅上,黑眼睛满意地注视着我,如同一位和蔼的小学老师在给学生布置一场模拟考试。

"您可以给我们讲讲洪堡[①],或者拉姆霍尔兹,《墨西哥

---

① 亚历山大·冯·洪堡(1769—1859),德国博物学家、自然地理学家、近代地质学、气候学、地磁学、生态学的创始人之一。

陌生人》的作者。您知道,他来过这儿。去魔山探险之前,他甚至还在圣-尼古拉神甫家住过。他一心要为纽约地理协会带回一具印第安人干尸,所以想法儿收买了一个人,把一个死人埋在了谢朗,就在离此地不远的山里。因为这,他差点丢了性命,还好他爬上驴子,飞快地逃走了。"

接着,他突然转回到正题:"噢,您准备给我们讲点什么呢?"我答道:"土壤学。"

唐·托马斯可不会让自己冷场:"好极了!"他兴致勃勃地评论道,"我们这儿都是农民,他们会很感兴趣的。"然后,他又岔到另一个话题:"有人告诉我,您想徒步穿越特帕尔卡特佩河谷,这也是大家喜欢听的,有关热地、埃尔因菲耶尼约水库和河坝的事情,有意思呢,您回来以后,可以在星期五晚上给我们做个报告,不是吗?"他第一次向我讲起有关热地的笑话,后来,这个笑话,只要他提到热地,他必讲无疑:"您知道,下地狱的人中,怎么看出是热地的特帕尔卡特佩人吗?告诉您吧,在地狱,只有特帕尔卡特佩人在夜里嚷嚷要盖被子!"

正因为托马斯·摩西爱讲这种好笑的事情,在墨西哥人类学家眼中,他是个傻瓜。可是我很快就喜欢上了他。他的温和、善良,他那乡叟的精明、过时的打扮,还有他的害羞和对天才的怀疑。倘若没有他,倘若他不是朗波里奥的领导,我想,我在这座城市、这个自私而虚荣的河谷里一天也待不下去。我会拉起达莉娅的手,远走他乡,我们会去红地,或者去山里,和胡安·亚居斯那帮被冷落的、沉默寡言的兄弟们待在一起。

在等待演讲的日子里,我养成了去唐·托马斯的办公室造访的习惯。我总在上午将近十一点时到达,赶在喝咖啡①之前。我们海阔天空地闲聊,确切地说,主要是唐·托马斯在讲,我听。他可真是一肚子故事。他给我讲帕里库廷火山②的诞生,那是在他十岁的时候。他父亲开车,一直把他带到悬崖边,他看到玉米地里有一头黑色的巨兽正在吐出熔岩,天空灰蒙蒙的……克里斯特罗革命③的时候,华雷斯河谷的人们纷纷改名换姓,躲避报复行动。拉扎罗·卡尔德纳斯的祖母是黑人,他不惜一切代价隐藏真相,毫不留情地把饶舌的家伙送进监狱……有个刽子手头头号称 Empujas o empujo("要么自己动手,要么等我下手"),因为他总是把刀架在犯人的脖子上,让他们选择是被他砍死还是自己主动把刀按下去……有一位法国探险家,叫做什么拉乌塞-布尔邦伯爵的,想要在索诺拉山上建立一个自治国家……有个美国银行财团计划向墨西哥购买下加利福尼亚的领土,然后再用赌场和五星级饭店把它打造成一个新佛罗里达……唐·托马斯气定神闲地坐在他的大皮椅上,点燃一只雪茄,眯起眼睛,又开始讲一个新故事,仿佛一位专爱讲故事的印第安老人。

---

① 原文为西班牙语。
② 1943年,墨西哥的帕里库廷火山从平地突然一夜拔起四十米,一年后增至四百六十米,九年后才停止增长。
③ 指克里斯特罗宗教反抗事件(1926—1929),当时的罗马天主教徒反抗墨西哥世俗政府,造成数千人死亡。

中午,他终于起身跟大家一道去橘树下喝咖啡。各系的研究者和教师都来到他的身边。没有人会缺席中午的咖啡,就连那些讨厌唐·托马斯的人也不例外。阳光闪耀在橘树的叶缝间,反射在喷泉池的蓝瓷砖上。轻松的时刻。

达莉娅有时候也会上这儿来,她总是缩在后面坐,因为她总是被唐·托马斯和那帮人类学家弄得很局促。她在和朗波里奥的女秘书罗莎聊天。罗莎今年三十出头,可惜从来没结过婚。随后到场的是加尔西·拉扎罗和他的小团队,阿里亚娜·露兹为他们预留了座位。自从那次人类学家山冈事件之后,加尔西就再也不看我一眼,把我忽略不计了。

这其中的争执与纠葛,唐·托马斯心里都有数,但他拒绝参与。朗波里奥属于他,是他的作品,他宁愿永远相信,朗波里奥的所有成员都是他的家人。也许正因为如此,唐·托马斯没有结婚,没有孩子。他想把整个世界拥在怀中。

有一天,在他的办公室里,我想跟他谈谈坎波斯。他认真地听着我的叙说,似乎知情又不愿表态。后来,他提起另一件事:

"我们这儿有一块实现了乌托邦的桃源胜地,与时代格格不入,举世无双。杰出的唐·瓦斯科·德·吉罗加,米却肯州第一位主教,正是在这里真正实现了托马斯·摩尔笔下的'乌托邦',并落实了它的所有原则。就在帕兹夸罗湖边的圣费德月小村子里,他建立了一家修道院收容所,把人们分成一个个小团体共同生活。而且,他所做的一切,今天仍然还存在。"我本想抓住机会再把坎波斯抛出来,但他坚决扫除了这个话题:"没错,我知道,在阿里约路上,他们想要建立一个公社,推举一个德高望重的人做首领。他们的落脚处早先是耶稣会会士的聚居地,后来被革命者占领了。在坎波斯教堂里,普罗神甫被联邦军队的士兵打死了,我父亲告诉我,下葬前,一个孩子从他的尸体上捡到一块表。我父亲说他看到了那块表,一块漂亮的银制凸蒙怀表,刽子手们下手迟了。"

我还在做最后的尝试:"有人告诉我,坎波斯居民想要恢复耶稣会会士的事业,建立一个理想社会……"唐·托马斯立刻打断了我。他站起身,喝咖啡的时间到了。

"任何地方总会有堪比神灵的圣人,尤其是这儿。他们来了,待一段时间又走,一走便杳无音讯。总而言之,他们是候鸟。"

每晚,在村口,在西尼·查理·查普林那边,都能听见黑鸟把桉树的枝叶摇得沙沙响。我不敢再提坎波斯。无论如何,坎波斯不会成为谈话的主题,这或许就是拉法埃尔想要告诉我的。

就在那时,我第一次进入了

红 灯 区

达莉娅状态不佳。她最终还是去了墨西哥,去看她儿子。他生病了,似乎没什么大不了,也就是小孩子容易得的那种病,水痘或是猩红热之类,可她却崩溃了。一天晚上,她去了汽车站,随身只带了一只小旅行包。我想,她真正想念的恐怕是埃克托,她还一直爱着他。我想,她真的走了,永远不会再回来了。她神情固执,因为喝了酒,脸色显得有点惨淡。

我想陪她去车站,却遭到她的强烈拒绝。

"没用的,我自己能去。"她离开了我,连个告别都没有。

傍晚,我独自在城里转悠。天气闷热,火山上方舞动着火光。广场南边,过了大路,是一片废弃地带。路面已经毁坏,泥坑深得能把人淹死。待在这里的都是酒鬼和单身汉。我沿着铁路向前走,因为只有这里有路灯。

前面就是火车站,铁路很窄,是从洛斯雷耶斯运甘蔗过来的。一列呼哧呼哧的小火车也运送旅客,要开上六个小时才能到达终点站尤雷夸罗。我顺着铁路沿线的"伞兵区"向前走,景象跟灌溉渠一模一样,那是政府指定流浪汉聚居的惟一区域。再向前是一片无人区,已经到了城市的外围,最后是一段石板路,从前是通向维尔多拉加庄园的。我循着莱昂·萨拉马戈研究计划上的标示一段一段往前走。

天忽然下起雨来。望着昏黄色灯光下的小路,望着落在泥坑里的雨点,我想到了巴达莫走在两次大战期间的巴黎街头的情形。我沿着一堵扎满玻璃碎片的高大砖墙往前走,墙里从前是花园和果园。每隔一段距离就可以看到一扇油漆剥落的铁门,门上歪歪扭扭地写着花园的名字。在这样一处偏远破敝的地方,那些名字未免显得华而不实:观海、天堂、加利福尼亚花园、山茶花园、宴会厅和匹诺曹。

夜晚刚刚降临。若隐若现的音乐声、低重沉闷的鼓点声、手风琴的琴声响起来。汽车一辆接一辆鱼贯而行,开在铺石路面上晃晃颠颠,还要绕来绕去地躲开水坑。甩来甩去的雨刷,有色玻璃窗,衬有蓝色霓虹灯的牌照,挡风玻璃,还有那装饰着红红绿绿的小灯的后窗。仍旧是那些破车,那些傍晚围着中央广场兜圈子的破车,达莉娅深恶痛绝的四驱越野车。

我沿着围墙往前走。经过花园时,我不知道自己的心为什么跳得这样快。孤独感。围墙后面的花园禁区。围墙上挂着雨滴的玻璃碎片。路灯的灯光。

阿特拉斯花园的入口处,雨中站着个门卫,他在草帽外面扎了一层透明套,两手插在夹克口袋里。这人约莫六十来岁,腆着将军肚,脸上横着一道厚厚的灰胡子。我想到了别墅的金属装饰①和克里斯特罗士兵。我发现他腰上的枪套里插着一把手枪。在他身后的岗亭里,墙上还挂着一杆老式步枪。

我站住脚,递给他一根烟,同他攀谈起来。他叫唐·圣地亚戈。我提到莉莉,他问:"是莉莉,还是莉莉亚娜?"他注视着我,似乎并不特别感兴趣。"也许是莉莉亚娜吧。"我不想搞得太较真。圣地亚戈使劲吸了一口烟。他的手掌像农民一样厚实,断裂的指甲黑黢黢的。我猜想,刽子手头头加尔德纳斯应该跟他长得差不多。

"她在这里做事吗?"圣地亚戈的表情似乎在思考。他直愣愣地盯着前方,腾起的烟雾熏得他眯起细细的眼睛:"莉莉亚娜,你是在问她吗?"他摇了摇头,"没有,我们这儿没人叫这个名字,也许在附近什么地方吧。"他继续摆出思考的样子,我发现他简直就是在演喜剧。"有人告诉过您她在这儿吗?"我不想提加尔西·拉扎罗和朗波里奥。我问他能不能进花园,他用手一指,好像在说,当然可以。"出入自由,只要您够年龄。"即便开玩笑,圣地亚戈的脸上也没有一丝笑容。"就一小会儿。"我说。

"请进吧,一小会儿或者整晚都可以。不过,午夜之后就没有酒了,明天是星期天。"我问:"规矩就这么死吗?"他仍在嘟哝着:"不过,您在这儿可找不着什么莉莉,或者莉莉亚娜。"他转过身,继续望着外面下雨,望着路上打着车灯的晃晃颠颠的汽车。

---

① 原文为西班牙语。

阿特拉斯花园是一座古老的果园,果园里百年的鳄梨树和芒果树述说着河谷从前的祥和安宁。那时候,城市周围尽是美丽的田园风光。花园最深处,左侧有一座乡村老屋,石灰砖拱廊,破破烂烂的大槽瓦屋顶,破洞被瓦楞铁皮堵上了。

装点着霓虹灯的拱廊下面有一个灯心草柜台,那是吧台。有些晚上,如果天不下雨,便会有一支管弦乐队来花园演出,在水泥台上用手风琴、小四弦琴和吉他演奏波莱罗①舞曲和昆比亚②。不过,今晚没有乐队,音乐是从一台震耳欲聋的音箱里传出的,音箱直接垛在露天咖啡座的方砖上。那音乐悲伤而激烈,瓮声瓮气的,我感到脚下的地面在颤动。

花园里空空荡荡。雨中,只有一对酒鬼坐在芒果树边的塑料圈椅上,脚浸在泥水里。花园里弥漫着小聚光灯的蓝色幽光。

拱廊下,姑娘们都坐在塑料椅上陪男人喝酒。吧台边有一台大冰柜,我见没人管,便自己去拿了一罐特卡特③。过了一会儿,一个穿着墨西哥夹克的年轻人跑到这边来找钱。要想喝稠一些的饮料,得到咖啡座另一头的厨房里去要,厨房旁边是从前的洗碗池。

房子里刷成绿色。惟一的装饰在客厅,木瓦的④天花板,

---

① 一种西班牙舞曲。
② 原文为西班牙语,一种风格热情的舞曲,节奏为八拍。
③ 一种啤酒的商标。
④ 原文为西班牙语。

橡子上交错地钉着些牧豆树①板条。其余的一切都散发出陈灰积垢的味道,令人难过。星期六晚上到星期天,真是让人烦得要命,因为你等待的是明知永远不可能出现的东西。

咖啡座的尽头,在声嘶力竭的自动点唱机旁边,姑娘们像一串洋葱似的坐在塑料椅上。我进去时,她们瞥了我一眼,很快便冷漠地转过脸。这些姑娘还算年轻,但模样并不咋的。她们穿着束胸背心,合成材料的迷你裙,有些人脚上绑着高跟皮凉鞋,有些却只穿了白色运动鞋。我不敢问她们中是否有人听说过莉莉。对她们来说,我不过是个随便逛逛的家伙,她们不可能指望从我身上捞到什么油水。

她们不时地大笑,一边喝苦咖啡,一边抽香烟。聚光灯蓝色的微光反射在墙壁和地面的方砖上,把她们的脸映照得像幽灵。她们的嘴巴很大很红,眼眶是两团黑斑,这便构成了她们脸部的轮廓。不过,她们生着印第安女人的秀发,又黑又密,用仿珠贝梳子别在脑后。

自动点唱机还在唱歌,一首接一首的昆比亚,姑娘们似乎都不在听了。只有那两个酒鬼还在雨里跳舞,两脚踩着花园的草地,如同两头直立的狗熊。

我在拱廊下找了一张塑料椅坐下,又端起一杯啤酒。穿夹克的男人对我说了些什么,我没有听懂。我又回去跟圣地亚戈聊起来,此时,他也来到拱廊下稍微避避雨。我递给他一罐啤酒,他变得比刚才健谈了一些:"在革命时代,这里是兵营,"看到我很感兴趣的样子,他继续说,"有天晚

---

① 原文为西班牙语。

上,革命者打到这里,把所有人都杀了。所以,这里后来就变成了庆祝沙龙。"他给我看一枚子弹:"看到了吗?这是三十乘三十的,是叛乱者们——克里斯特罗革命者使用的尺寸。"他把子弹放在我的手里,又凉又沉。我琢磨着,它是否曾经杀过什么人?"我从墙上把它抠下来的,就在路边上。"他喃喃地说,仿佛事情就发生在昨天:"他们杀了所有的人,一个也不剩,然后把尸体埋到一片田里。"

又过了一会儿,午夜时分,有个姑娘来找我跳舞,也许是圣地亚戈让她来关照我一下的。她是个高个子姑娘,胸脯挺得高高的,脸上的表情冷冷的。跳波莱罗舞的时候,我抱住她,我的每一根指头都能感觉到她的上了浆的硬邦邦的上衣。我们的腿不时会碰在一起。我闻到她皮肤的味道,混着她身上的香水味,还有她脸上的美白霜的味道。我们一直跳到最后一支波莱罗舞曲,然后在拱廊里找了个僻静点的地方坐下。我给她买了一罐啤酒,她喝之前先用手背抹了抹嘴唇。

"你到这儿来干什么?来旅游还是做生意?"她从我递给她的烟盒里拿了一根烟,叼在嘴里。她的嘴特别大,嘴里缺了一颗门牙,看上去有点傻。她长得不丑,但是有黑眼圈,显得有些疲惫。我看她顶多二十岁,体形却已经因为不断的生育或流产开始过早地松弛下坠。我想她可能跟莉莉很像。我向她提起这个名字,并没有抱什么希望。她却生气地看着我说:"你怎么知道我这该死的名字?你非得知道我的名字才能跟我做爱吗?"(她是用西班牙语说的,原话更粗俗。)我们又坐着喝了会儿酒,抽了会儿烟。后来,她拉起我的手,把我带进屋里。这是一间卧室,仅有一块帘子与吧台隔开。卧室里有张铁床,一把跟外面咖啡座里一样的塑料椅。墙壁上斑斑点点,天花板上的贴布破破烂烂。她迅速地脱下衣服,扔在椅子上。她的身体很丰满,乳房沉甸甸的,乳晕很黑,腹部光滑平坦,阴部完全剃净了,可能是怕有跳蚤的缘故吧。她在床上放了件奇怪的东西,泛着绿色的荧光,我忽然明白,那是安全套。在我眼中,那更像是一件外星来的装饰品。

我心里很难受,头晕晕乎乎的。"对不起。"我结结巴巴地说。

她并没有露出吃惊的表情。她收了钱,重新穿好衣服,竟然还微笑了一下。从房间里出去的时候,我有点趔趄,她一直陪我到了吧台。其他姑娘似乎喊了些什么,然后开始大笑。我不能再在这儿待下去了,况且午夜已过,已经没有酒了。那姑娘挽起我的胳膊,一直把我送到花园门边。圣地亚戈看着我出去,什么也没说。

我演讲的那天晚上,承蒙老天奇迹般的恩赐,居然没有下雨。托马斯·摩西在朗波里奥的大门口等我。我到达时,他感动得给了我一个拥抱。他让我看门边的招牌,背景是土地和火山,白色的大字标题写着:

土 壤 学
土地的容貌①

---

① 原文为西班牙语。

副标题有点戏剧化,"土地的容貌",这是梅南德的主意。他担心土壤学的题目会吓到周五晚本来就不多的听众。

听众到了。有研究组的研究员,历史学家,社会学家,土著翻译亚居斯,可是,人类学家们连影子也看不见。这次演讲的主题一定让他们觉得没劲,或者更坚定了他们觉得地理学无用的看法。

渐渐地,朗波里奥的内院坐满了。听众把椅子围成半圆形,正对着我的讲台。他们都是这里的常客。梅南德正在殷勤招呼的河谷的贵妇,穿着短衬衣的先生:公证人、医生、银行雇员。"土地的容貌"吸引了他们,因为他们都是从土地上走出来的,要么是农民的孩子,要么自己原本就是农民。他们都是这块土地哺育出来的,从土地中吸取了自信和力量。

还有一些是农场工人,小农场主。他们是进城来活动活动,消遣消遣的,要么出于好奇,要么是闲来无事。

梅南德很激动。"这么多人!您看,这是朗波里奥第一次接待这么多人,我们这次活动搞得很成功!"他趴在我的讲台上,装做摆放长颈瓶和玻璃杯的样子,"您看,最后一排靠右边的那位,那是阿朗萨斯,他还把夫人和千金也带来了。"他把声音压得很低,好像在告诉我什么秘密似的。"唐·阿尔达贝托·阿朗萨斯拥有河谷西部直到阿里约的所有土地和鳄梨树。他可是个大人物,是《旅程》杂志的投资者,我们最主要的赞助人之一。"我盯着内院尽头的人影搜索了一会儿,终于发现一个干瘦干瘦的家伙,衣服是灰的,脸也是灰的,头顶已经秃了。两个漂亮而精神的女人分坐在他的两侧。虽然有家人陪伴,他的脸色仍然阴森森的,像极了电影里的匪徒。

　　我介绍了土地的容貌。

　　我介绍了河谷,仿佛这是世界上最重要的地方。

　　火山爆发,熔岩流淌,几个世纪的灰雨;这块由红土、草原、风成土和苔原组成的土地;俄罗斯地理学家多库恰耶夫的发现,他关于描绘一幅运动中的土壤容貌的设想;滑坡、结冰、漫流;河谷底部这块聚集了禾本科植物腐殖土的凹地,为细菌的发酵与浸润提供了有利环境。

　　我诵诗般的演说声在朗波里奥的内院里回荡。我用自己不纯正的发音和粗略的翻译把这些科学术语传达给听众们。我说到肥沃的黑钙土,其中腐殖质的含量竟然超过百分之十;我又说到另一个极端:中亚贫瘠的草原和矮林。我说到淤泥和冻土,颜色跟黑墨水一样,那是黄土和腐殖土的混合物,可以深达一米多。我说,这种土黑得就像伊甸园里的土壤一样。我说出了伊甸园的真正的名字,它们在朗波里奥的院子里回响:黑钙土,栗色土和淋溶黑土。

　　我感到自己酒力发作(我承认上台前喝了几杯苦咖啡)。我无法将目光从那些注视着我的面孔上移开,那些冷漠的、不易亲近的面孔,那些躲藏在深深的眼眶中的眼睛。我感到,我必须抓住他们的思想,不能让他们分神,不能让他们的目光离开我的目光,哪怕一秒钟也不行,这似乎是我命中就已注定的。我不再讲腐殖土、钾肥、硝酸盐,不再谈是什么使河谷的土壤一年中能够收获两次,也不再说土地所有者从土壤中得到了多少金钱,把这些地理财富转变成他们银行储蓄中的美元。

我开始讲这块土地是如何诞生的。那些呕出熔岩和灰烬的火山,神灵一样的火山,内华多德科利马火山,旦希塔罗火山,巴坦班火山,哈诺托胡卡蒂奥火山,他们用他们的血覆盖了河谷、平原,直至海洋。还有破火山口①、深成岩体、从熔岩中升起的火山锥,同时喷出的沸水与冰水,伊特兰喷出硫黄的间歇热喷泉。我说到破坏陆地的大断层,特帕尔卡特佩河就从断层里流过。我说到海底地震及磁暴。

我说到冰川的缓慢下沉,自美国北部的威斯康星州和加拿大的萨斯喀彻温省起,围绕着死去的火山,把山顶侵蚀成一种细细的黑色粉末,埋入土壤深层。接着,我又说到广阔而茂密的松树林和落叶松林,在树林里,阳光甚至无法直射到地面。

最早的男人和女人就是在那时来到河谷的,他们并不像今天的男人和女人这样,而是像公鹿和母鹿,公狼和母狼。他们白天睡觉,夜晚活动,跟踪足印,吃树叶,舔岩石,把他们的火神保存在树枝编成的窝里,把岩石和湖水视为他们的祖先,他们在库鲁塔兰火山岩洞黑色的岩石上用白垩书写他们的符号。冰川退到北部以后,森林在火山的雷火中合抱在一起,燃烧了几个世纪。燃烧的灰烬飘到空中,把天空熏得黑洞洞的。就在这片烧焦的土地上,青草自由

---

① 一种巨大的碗口形火山凹地。

自在地生长,引来了水牛和野马,羚羊和树懒,狮子和大象。人们在烧焦的悬崖上生活,在他们的身体和岩石上画出星座、荷叶蕨和苍鹰。

我说,经过无数个世纪,四周的河谷和平原形成了一片雀麦的海洋。每年冬天,极地风从这里吹过;每年夏天,雨水从这里淌过。黑洞洞的天空中刮着龙卷风,湖出现了,在阳光下银镜般闪闪发光,但之后,湖又消失了。生命从污水中诞生出来,植物的根与根之间是浸润了细菌和孢子的土壤。

我讲起蒸发和蒸腾作用,讲起根围①、矿藏、铁、钾肥、硝酸盐、粗腐殖质,进入土壤深层的原始腐殖土。我讲起南北贯穿美洲大陆的黑走廊,讲起加拿大的北极灰土、黑草原、红铁石,一直讲到加利福尼亚沙漠的灰钙土。一万年前,男人和女人们正是经过这条走廊来到这里,他们吃的是从瘦骨嶙峋的反刍类动物的口中抢来的草叶和树根。正是在这条走廊上,他们种植出了养育当今人类的植物:玉米、西红柿、菜豆、南瓜、甜薯和佛手瓜。种子播种下去,植物随着人走,他们沿着黑土路一直来到河谷。数千年过去了,这里有过战争和征服,有过杀戮和饥饿。有一天,他们种下了一种新的植物,它来自中国、法国和德国,结出又红又酸的果子。这种植物会吃孩子的手指,会吃土地,把其他一切都挤掉了。

我慢慢地说出各种草莓的名字,种植用的,冷冻厂用

---

① 植物根部周围的土壤。

的,果酱厂用的：

  欧洲草莓

  高山草莓

  感恩草莓

  少女草莓

  大花草莓

  马歇尔草莓

  多勒草莓

  克隆迪克草莓

  奥勒贡草莓

  邓拉普草莓

  白兰地草莓

  欢乐草莓

  希洛斯草莓

  儒克草莓

  美丽的维纳斯草莓

  瑞士草莓

  河谷居民能够感受到这些名字的美丽吗？他们是否给自己的女儿起这样的名字,来纪念所有从曙色微露起就忙着装箱的姑娘们？

  我说到冷冻厂的名字,河谷有一半居民都在那里工作,从摘草莓的孩子们到那些负责用塑料袋进行包装的老妇。这些工厂的名字在朗波里奥的院子里回荡,变成一种单调的控诉,它们代替了那些我不能说出的名字,土地所有者和商务代表的名字,他们的钱是从黑土地里,从孩子被草莓酸腐蚀到流血,腐蚀到指甲脱落的幼小的手指的疼痛中榨取的。

我停了一会儿,听众们全都愣住了,毫无反应。他们的脸向着我,眼睛望着我。几秒钟的时间里,院子里响起电喷泉的汩汩的水流声(这是梅南德的主意,为了做出"殖民者"的样子来),墙上和屋顶上响起了四驱越野车围着中心广场兜圈子时的隆隆声。就在这几秒钟里,我想到了莉莉,她正在这片土地的某个地方做着囚徒。就在这几秒钟里,我仿佛听到了花园禁地的扩音器里传出的低重沉闷的鼓点声。

当我再次开始演讲时,我把声音放低了些,嗓子有点沙哑。由于疲劳和激动,我感到自己拿讲稿的手在发抖。我几乎没有停顿,一口气也没喘,径直念到了最后:

"女士们先生们,土地是我们的皮肤。正如我们的皮肤一样,它也会变,会老。你对它好,它就会变细;你对它不好,它就会硬化。它会龟裂,会受伤。这片土地,你们所继承的这片伊甸园的黑土地,无论你们是河谷的孩子,还是来自其他地方的移民,你们都居住在这里,被它怀抱着,哺育着。你们不要以为它会永远保持现在的模样。黑土,黑钙土,都是有限的,不是取之不尽的。它们的形成,它们在河谷里的积聚,需要几千年的时间。世界上还有一些跟这里一样的地方,比如乌克兰——一个以黑钙土命名的国家,还有乌拉尔山脉旁边的俄罗斯,北美洲的爱达荷州和威斯康星州。在那些地方,土壤的形成过程与这里完全相同:首先需要一片浓密的被烧毁的森林,烧到只剩树根,然后是长草,火山爆发,漫长的干旱期,以便使矿物渗入。今天,当你们凝望河谷的时候,你们看到了什么呢? 黑土地上覆盖的是房屋、街道和商业中心,城市的新区每天都在排放粪水,硝酸盐和磷,这片土地已经来不及分解了。

"土地是人类适合生存带①的'焦点',女士们先生们,你们行走的这片土地,哺育你们的这片土地,是你们的皮肤,你们的生命。如果你们不善待它,你们将会失去它,因为一块损毁的土地是无法修复的。它被破坏之后,地球需要用几千年的时间再造一块新的出来。

"请保护你们的皮肤,女士们先生们,尊重它,让它透气,给它排水,禁止过度使用肥料,建造蓄水池给它饮用,修筑加固坡,种植扎根到土壤深处的树木,禁止在土地上过度建筑、浇注柏油,请将污水引入过滤池。

"我已经向你们描述了你们河谷的容貌及其富饶的土壤,从它诞生于森林中的那一天一直讲到今天,这个知识密集的一元文化的时代。在介绍的过程中,我觉得自己好像在描画一个女人的身体,一个黑色皮肤、生机勃勃的女人的身体,她浑身上下都浸透着火山的热度和雨水的温情,这是一个充满青春活力的印第安女人的身体。请不要让你们的贪婪和大意糟蹋了这个美丽、高贵的女人的身体,把它变成一个肤色黯淡、干瘪瘦弱、风烛残年的龙钟老妇。"

我停下来,合上我的活页夹。演讲结束后,下面一片沉

---

① 指具备地表温度介于 0 至 40 度之间,有液态水存在等条件的地区。

寂。唐·托马斯为了打破尴尬局面,示意大家鼓掌。我的眼睛在搜寻达莉娅,可她好像已经悄悄离开了内院,到街上抽烟去了。我的关于环境保护的大论使她义愤填膺。

在接下来的混乱局面中,我注视着唐·阿尔达贝托·阿朗萨斯缓慢的退场行动。他站起身,穿着灰制服的身体显得很僵硬。他好像挠了挠他的秃头,表达自己复杂的心情。他的太太和女儿紧紧跟在他身后,也向出口走去。她们看上去很柔弱,很善良。我多么希望她们转过身,看看我,哪怕一眼也好,告诉我,她们听进了我的演讲。

其他听众终于也开始退场,他们的动作很机械。梅南德向我走来,他握住我的手,热情得有点过头:"太好了!棒极了!太有诗意了!"接着,他又用略带忧虑的腔调补充道:"不过还要等等《旅程》杂志社的反应。"托马斯·摩西满意地眯着眼,违心地总结道:"现在,我们终于明白什么是土壤学了。"

外面的大马路上,我碰到了拉法埃尔。他没敢进来,站在朗波里奥门口听了我的演讲。他碰了碰我的指尖,对我说:"我几乎全听懂了。"

我问他:"那么你怎么想呢?"仿佛他只是一个好奇者,一个普通的对话者。他微笑了:"我觉得你讲得很有道理,只是稍微难了一点。"我的确有点虚荣,因为我想到了莫扎特关于自己创作协奏曲的话。拉法埃尔看到达莉娅在人行道上等我,便对我说:"我过一阵子再跟你聊。我会写信把我的故事告诉你,我买了纸和一支铅笔。"我没来得及跟他说谢谢和再见,他就头也不回地走了。我想,正是在这天晚上,我第一次想起了乌拉尼亚,想起了我童年时创造的那个国度。

第二天,天还很早,我决定去

坎 波 斯

汽车把我送到阿里约广场,我一直步行到村口。这是一个晴朗的日子,雨过天晴,阳光透亮。地平线上,火山的轮廓清清楚楚。天空中万里无云,只有巴坦班火山从来不会完全失去它白色的皇冠。

阿里约似乎逃脱了房地产商的贪婪,或许是因为引水困难,这块地是不渗水的黑石子地。

这里没有草莓和鹰嘴豆。路边随处可见四四方方的块地,农民在地里种植菜豆和洋葱。

路过时,我看到地里的女人正在翻土,她们全都穿着旧衣裳,戴着越南人那种锥形草帽,差点被我当成老太婆。不过,我问话的那个女人抬起头时,我看到了她的脸,她是个很年轻的姑娘,几乎还是个孩子。"你知道去坎波斯的路吗?"我问。她似乎没听懂。我谈起废墟,还有普罗神甫的教堂,她向我指了指远处的一座山冈。

走近那座山冈时,我的确在树丛中隐约看到一座红色砖塔。野草丛中,一条老砖路一直通向土砖坯围成的高墙。

在这儿,人们没有想起用碎玻璃在围墙上做保护。由于很久没有汽车路过,路边荒草丛生。接近围墙的地方,有一个破旧的厂棚,敞着大门,门口有一条拴着链子的狗,一见到生人就吼起来。我站在路中间等了会儿,一个老头子出现在门口,他手搭凉棚把我仔细打量了一番。我跟他打了声招呼,他却转身回去了,没有搭理我。过了一会儿,他又出来了,站在挡雨披檐下。我走上前去,发现他身后有一辆坏掉的约翰·迪尔拖拉机,厂棚里的其他物件都埋在蛛网和灰尘中。卡车轮胎,生锈的工具,老式军用水壶,钢板,还有一把虫蛀的木梯。

我正准备再度问候,老人已经主动招呼我了:"您在找什么呐?"我大声答道:"坎波斯。"他并没有表现出特别的殷勤:"坎波斯,哪个坎波斯?"我走过去,跟他谈起了耶稣会会士和教堂,还提到米盖尔·普罗神甫。我撒了一个小谎,称自己是个历史学家。老人这才安下心来,捡起一块石头威吓狗,示意它别再叫了。

"耶稣会会士,他们已经走了很久了。""什么时候走的?"因为狗已经不叫了,我终于走进了厂棚。这个人比我想象的年轻些。他的脸很有特点,眼睛深陷在眼窝里,衣服脏兮兮的,满是尘土,赤脚穿着橡胶凉鞋,露出黑黑的、断裂的趾甲,一双黄色的眼睛炯炯有神地凝视着我。

那人露出一丝微笑,开始回答我的问题:"唔,他们离开这里的时候,我还没有出生呢,那还是在革命之前。""那么普罗神甫呢?""他么,我倒是认得。不过,他被杀的时候,我还是小孩子。他那时候就住在这里。"他指了指围墙另一头的一堆废墟:"我记得他,他可是个美男子!个头很高,头发和胡子都很黑。有几回我们碰到面,他还拍了拍我的脑袋。"他指了指后脑勺,好让我更容易想象得出当时的场景。

"他们就是在那儿开枪把他打死的,在阿里约广场上,市政厅前面。行刑队的十二个士兵当中,只有一个人开了枪,把子弹打进了他的心脏。后来,听人们说,那个开枪打死神甫的士兵在睡着的时候突然窒息死掉了,据说那是普罗神甫的报复。好啦,我要给您看点东西,您是历史学家嘛。"

他到厂棚尽头去翻找了一回,我以为他要给我看那颗打死普罗神甫的子弹。回来的时候,他手里拿了一截管状的东西。那是一个黄铜莲蓬头,大得很,爬满了铜绿,上面还拖着一根链子。他把莲蓬头递给我。

"神甫非常喜欢洗澡,"他评论道,"洗澡这种东西,不知道他是从哪儿学来的,也许是美国吧,我猜。他早晚都要洗澡,一拉链子,水就会从他放在屋顶上的水箱里流下来。"

我把莲蓬头还给他。老人一定很奇怪,我竟然没有被普罗神甫洗澡的故事俘虏。不过,把这件东西拿在手里,对我来说,还是有些意义的。我能想象得出,那个黑头发、黑胡子的高大英俊的男人,鲜活地站在那里,正在享受冷水澡的乐趣。也许那天早上,联邦军队来打死他的时候,他才刚刚拉过链子。

"现在,谁住在这里,住在坎波斯?"我指了指包藏着秘密的那堵高墙。老人显出不耐烦的样子。

"战后的几年里,那儿一直保持着老样子。我还和别的孩子一起到废墟里去玩过。我们在那儿找宝贝,有人说,耶稣会会士离开之前在什么地方埋了金子。但我们什么也没找到,一个铜板也没有。"在回答我的问题之前,他先想了想:

"现在,住在这里的是外国人,嬉皮士(他把小舌音发得很重)。他们住在废墟里,在那儿种蔬菜。他们有奶牛。有时候,他们会给我一块奶酪或者一点水果。他们要向住在阿里约的房地产商付租金。"

我掏出一个美国烟盒。我们在挡雨披檐下的塑料椅上坐下来,面前就是那堵高墙,那是坎波斯的边境线。稍远处,右边有一扇关着的生锈大铁门。坎波斯的天空蓝得耀眼,两座形态极美的姐妹山脉俯瞰着河谷。西边,在大海那边,螺旋状的高积云开始聚集。不时有椋鸟飞过,向着山谷另一边的大块田地飞去。一群蜂鸟绕着盘在厂棚摇摇晃晃的门柱上的胡安梅卡特藤(一种藤蔓植物)嗡嗡地飞,发出轻微而尖利的叫声。

我突然开始想,我究竟为什么要来这里?也许是想在坎波斯再见到拉法埃尔·扎沙里,继续向他提问。当然,肯定也有好奇心作祟,想亲眼看看这地方是什么样子。那堵墙后面,应该正在发生着某种神秘的、令人忧虑的事情吧。我竖着耳朵听,希望听到人们的说话声、孩子的吵嚷声、活动的嘈杂声、锤子的敲击声、呼唤声。可是,一切都安安静静的。

老人只是抽烟,一句话也不说。最后,他喃喃地说:"我想……"他在组织语言,"如果您想知道的话,他们反正不会在这里住很久的。"很显然,在这个人眼中,坎波斯居民是不合法的。他们是一些陌生人,僭入者。我想问问他为什么会这么想,但他已经开始谈普罗神甫了:"每天早上六点钟,他都要准时做弥撒,即使革命期间也没有间断。他有一个女仆给他敲三钟经。我记得很清楚,那个胖女人拉着绳子,钟在高塔上摇摆,当——当——当。我父亲告诉我们,不许到教堂去,那些人是不会有好结果的。父亲说,神甫每天都敲那该死的钟,士兵有一天一定会来抓他的。可是,普罗神甫很固执,他宁愿继续敲钟。士兵来抓他的时候,他穿着黑袍子,戴着神甫帽,他就是这样被枪打死的。他的坟墓就在那边,在市立公墓,但墓穴里什么也没有。实际上,他被埋在一块田里,没人知道在什么地方。"

我把老人留在他的小窝里,让他独自继续回忆。我沿着墙往前走。太阳已经把砖晒烫了,蜥蜴紧贴在墙壁的缝隙里。

我路过那扇大门。生锈的金属上可以看到击打过的痕迹,也许联邦军队当时是用厚木板把大门打穿的。不过,锁已经换过,门上挂的是一把全新的黄铜锁。

门的上方是挡雨遮阳的木头和罗马瓦挑檐,不过,我没有看到门铃和标牌。

我在门前站了一会儿,静静地听。有几次,我以为自己听到了什么,女人的说话声,孩子的吵嚷声。我不知道为什么,这些声音并没有使我安心,反倒更叫我担心起来,好像面前是一个危险的地方,随时可能遭遇毁灭的地方。

一阵微风吹过,围墙那边的树上,树叶窸窸窣窣。或许就是这种声音使我觉得这里存在着一种人,一种可以与我交流的人。我出来的时候,老人还坐在厂棚下的椅子上,他没有回应我的告别,连那条狗也默不作声。

一段时间以后,拉法埃尔来到朗波里奥。那是一个黄昏,城里的一切都睡着了。为了我,他撕下笔记本的前几页。上面歪歪扭扭地用大写字母写着:

拉法埃尔的故事

"门打开了,我走了进去。那是在昨天,又或许是很久以前,我记不清了。那时候,我还是个孩子,已经游荡了很久,旅行就要结束了。

"我来到坎波斯,看到了大树,还有花园。我闻到树叶的味道,潮湿的泥土的味道,成熟的水果的味道。

"我见到一座红土地的村庄,鸽子在屋顶上散步。我看到一座高高的方塔,被夕阳染成玫瑰色和金黄色。塔里住着各种鸟儿:鸽子,还有斑鸠,塔顶下面是雨燕的巢。

"我很累。几个月以来,我们一直在路上颠簸,爹爹和我。我甚至已经记不起我们出发前是什么样子了。

"老人在村口一动不动,他在等我们。他的脸被阳光照成了砖红色,黑色的长头发里已经长了银丝。他笑得很和蔼。

"他说我们是受欢迎的。他与爹爹握手的方式是我从来没有见过的——他很快地碰了一下爹爹的手掌,这是坎波斯人的问候方式。

"我跟在老人身后,爹爹背着旅行包跟着我。我听见爹爹上坡时气喘吁吁的声音,他生病了。我想睡觉。我在搜索能躺得下来的角落,我们离开狼河后,一直是这样,睡在公园里或者车站大厅里。

"老人问我的名字。那时候,我还不会说坎波斯语,他是用英语问我的。我回答说:拉法埃尔·扎沙里。他也告诉了我他的名字:安东尼·马尔丹,外号贾迪,在坎波斯语里是'羚羊'的意思。

"我不会说坎波斯语。那时候,我不说任何人的语言。我被关在看不见的围墙里。政府安排我住的宗教机构,我在那儿待不下去。我总是骂人,打人,侮辱人,伤害人。在监狱里,爹爹从一位治疗疯癫病的名叫乔克托的印第安老师那里知道了这个庇护所。正是这样,他才决定到坎波斯来。这是我们最后一个立足之地。可爹爹还要回狼河,他要洗清他在监狱里的罪孽,戒掉让他堕落的酒精。

"老人在他的房间里给我弄了一张床,一副草席和一床被子。爹爹待在自己的房间里,背靠着旅行包。他又要出发了,继续北上。他的眼睛直直地盯着前方,一句话也不说,却仍然在喘气。我觉得他到不了狼河就会死掉。

"后来,老人吹灭了油灯。那天晚上,屋顶的树叶上落了小雨,雨水滴进挂在门前的军用水壶里。我听着雨声睡着了。那声音就像摇篮曲一样,使人平静,给人安慰。

"第二天早上,我一睁眼就走出房间。爹爹已经决定,北上之前要再待几天。

"我望着四周,太阳还没有升起来,但是天已经亮了。

"老贾迪不在,村子里的一切却都已经开始运转了。

"我过夜的房子在村子的高处,旁边有条快要干涸的

73

小溪。我望着一排排的房屋、街道,它们看上去就像教堂废墟上方的阳台。围墙的外面,我看到一片雾蒙蒙的河谷,还有火山。高山构成了一道屏障。有些山上有树,有些光秃秃的。坎波斯后面的那座大山叫秃山。

"有一条石板路通向村子中心,通向我去过的那座高塔。塔边是一座高大的土房子,屋顶用树叶铺成,坎波斯居民都住在那里。高一点的地方,村子的朝阳面是田野。田里种着玉米、菜豆,有一块甘蔗地,还有芒果园和柳橙园。再高些的地方,在秃山的山脚下,我望见了牛棚:那是一个没有窗户的大棚子,周围都用石头拦起来了。牛正在吃草料。我从没见过那样的牛,它们个头很小,浑身上下都是土地的颜色,背上有肉峰,头上有大大的牛角。"

"现在,我惟一关心的问题是吃饭。在到达坎波斯的前一天晚上,我和爹爹刚刚把路上带的最后一块面包吃完。我寻着烟火的味道,在营地中间找到一座大房子。我看到人们都往房子里走,那是坎波斯居民的公共厨房。一张大桌子上,饭菜已经准备好了。大家都把自己的木碗装满,要么坐在地上,要么坐在矮凳上。我觉得自己已经有很长时间没吃到这么可口的饭菜了。有水果、生菜,还有各种煮熟的玉米饼,包在一片绿色的叶子里,坎波斯语叫做'库兰达',那是一个名叫玛丽居亚的女人做的。最后上的是菜豆,还有混着蜂房碎屑的蜂蜜。就是在这顿饭中,我第一次喝到了'绿衣德',这个我后面再细说。他们还用这种植物煮粥,坎波斯语叫做'绿衣德粥',但只在某几天晚上能喝到。

"我和其他比我更小的孩子都坐在桌上吃饭,因为在坎波斯,孩子和大人享有同等地位,同等权利。我们坐在公社中间,头上有树叶当屋顶遮阴。房子的两头都站着一些大人。太阳底下的矮凳上,我看到了安东尼·马尔丹,就是那个被叫做参事的人,坐在离大家稍远的地方。

"在坎波斯,很多孩子都没有父母。他们要么是被送来寄宿的,要么是被遗弃的,有些甚至是从监狱里放出来的,把这里当成庇护所。有些孩子有母亲,比如雅吉和玛拉,还有双胞胎(巴拉和克里施娜)。但是,在坎波斯,父母其实是不存在的。这一点,我后来才知道。孩子们自己选择睡觉的房子,自己交朋友、换朋友。大人只是看护者,负责保护和帮助他们,除此之外,没有任何权威。哥哥姐姐才是孩子们真正的父母,到处陪伴他们,给他们出主意,必要的时候训斥他们。大人们则要不断地学习,他们也要接受教育。就像我跟你说过的,坎波斯没有学校,整个村子就是一所大学校。

"在坎波斯的第一顿饭,我是和一个名叫奥德海姆的同龄男孩一起吃的。这是他的外号,因为在坎波斯,没有人会叫你的真名。我只能和他交谈,因为坎波斯其他居民的语言很特别,是把几种语言混杂在一起的。没有人会说爹爹的语言,衣努语。奥德海姆会说一点法语,也会说西班牙语,但口音很重(不过还没有我的口音重)。他告诉我坎波斯的时间表,他还说他要照顾我。他说他要做我的导师——在坎波斯,一个孩子可以做另一个孩子的导师,在特殊情况下,甚至还可以做大人的导师。

"'山上面,'他指着田野对我说,'那是上早课的地方。山下面呢,'他指着红色砖塔说,'那是上晚课的地方。'

"'晚课?晚上还要学什么呢?'

"'生活,人们在那里学习生活。在坎波斯,人们只学习生活。'

"我来不及再问别的问题了。用不着别的信号,一听到钟声或者打响指的声音,所有的孩子都会立刻起床,把碗盘收拾好,轮流去水泵边冲洗。大人们下地干活去。"

"在坎波斯,没有劳动,也没有娱乐。

"这里的教育不像狼河那样,在封闭的房间里进行,也没有老师站在讲台上用拉丁语讲课,在黑板上写数字。在这里,上课就是聊天,听故事,做梦,看云。

"每个人都向大家教授他所知道的东西。有些孩子也成了老师。他们教的是我们做孩子的时候知道、随着年龄增长却渐渐忘记的东西。小孩子看世界的方式是不同的,思考的方式是不同的,操心的事情也是不同的。对他们而言,一天就像一年那么长,坎波斯村就像一个国家那么大。他们是一些蚂蚁,这是贾迪告诉我的。他把孩子们称作他的蚂蚁,他的蜜蜂,他的蜂鸟。他说,要学会做人,我们首先都得学习怎样做孩子。"

"大家的工作是不一样的。男人和女人的工作不同。男人干体力活:砍树,清除地里的石块。我去地里的时候,玉米刚刚收割过,男人们正在用手剥玉米粒,女人负责清洗叶子,煮叶包玉米饼,做甜玉米饼(坎波斯语叫 uchepos)。"

"第一天,我整整一天都和奥德海姆待在一起。一开始,我不愿意他当我的导师。我推他,跟他打架,除非大人过来才能把我们俩拉开。可是后来,他成了我的朋友,我陪他下地。有些田被火烧了,我们要去地里把石块搬走,清理干净。太阳烤着我的脖子和脸,我实在无法坚持到底。我累了,眼睛很疼,就找一块石头坐下来,一边休息,一边看人们在田里弯腰干活。我第一次感到自由。

"将近中午,我们回到村子中心的树叶屋顶下。妇女和姑娘们从村子另一头过来,跟我们相聚在屋顶下。我们一起吃叶包玉米饼、甜玉米饼、菜豆和草莓酱。做果酱的是玛丽居亚和姑娘们。

"在坎波斯,我们从来不吃肉,只吃蛋。村民们说,肉不适合做食物。他们用牛奶做鲜乳酪,包在玉米叶子里。做多了,就拿到邻村的面包店和集市上去卖,卖得的钱用来买灯油、肥皂和农具。马厩旁边的高地上有一块白蘑菇农场,由女人们负责管理,玛丽居亚和阿达拉她们。孩子们是不许进去的,以免把细菌带进去。

"傍晚,日落时分,每人都要找一座房子睡觉。奥德海姆叫我跟他一起过夜,我犹豫了一下,因为我还从来没有在别人家里睡过觉,旅途中,我已经习惯了走哪儿睡哪儿。我夹着参事给我的草席和被子去了奥德海姆家。那是小溪边的一座房子。他家比我和爹爹第一晚睡的房子干净、清爽。

奥德海姆和别的在地里干活的孩子都睡在那儿。

"村子高处的房子里住着一对夫妇。男的叫克里斯蒂安,女的很漂亮,有一头乌黑的长发。奥德海姆跟我说了她的名字,那是我第一次听到:她叫奥蒂。他们是和参事同时来到坎波斯的。奥德海姆说,等贾迪老了以后,村子将由他们接管。

"我去溪边洗手的时候,刚好路过他们家。奥蒂正坐在家门口的木头门槛上,她的坐姿是我从来没有见过的。她把长裙结在两腿间,左脚跷在右腿上,身体微微向前弯,用胳膊肘支住。她微笑着望着我,我体验到一种从未有过的感觉,一种暖暖的东西包围着我,使我安静。

"那天晚上,我梦见了奥蒂,还有我在坎波斯的第一天所见到的一切新东西。"

读着这几页文字,我有一种奇怪的感觉,好像在做梦。

又到了旱季,该是我出发去特帕尔卡特佩河谷的时候了。然而,我舍不得离开河谷。就在这时,我见识了

奥朗蒂诺

　　达莉娅从墨西哥回来，情绪极度消沉。她和儿子法比一起待了两周，住在霍奇米尔科公寓里，那是埃克托和他们阵营的萨尔瓦多前革命者们共同生活的地方。她和他们一起说了很多话，抽了很多烟，喝了很多酒，唱了很多歌。她并没有跟我说这些，但我知道她屈服了，她和埃克托做爱了。她肯定大部分时间都搂着法比，抚摸他，为他哭泣。

　　我不能告诉她，我对她前夫以及那些过时的所谓革命者，那些躲在金碧辉煌的庇护所里把世界搅得天翻地覆、强烈谴责国内居民、签署森林抚育采伐令、却无力照顾自己家庭的革命者的种种不满。

　　"你怎么没把法比带来？"

　　我没料想到这个问题造成的后果。达莉娅先是哭，然后又笑。她抱住我，亲吻我。我感到她紧贴着我的身体，她带着酒气的呼吸，她的眼泪滑进我的嘴里，我咬着她的嘴唇和乳房。她是一头生命力旺盛的动物，充满激情和冲动，浑身上下都是使不完的力气。她用两条有力的大腿把我夹住，我摸到她背部脊椎两侧的肌腱，还有她腹部的块状肌肉。她在颤抖。

下午,我们在客厅的床垫上躺了一会儿,满身大汗。傍晚终于降临时,汽车开始围着广场兜圈子的时候,我们穿好衣服,准备出去走走。

外面不冷不热,已是满天繁星。我们去了离市中心很远的西尼·查普林。那里正在放一部俄罗斯电影。我没太看懂。故事里发生在雪地里,有许多马,是帕拉加诺夫的片子。我们在影片结束前就离开了。达莉娅想留下,可是我觉得恶心。

我们一直走到广场上。我在一个流动小岗亭里买了玉米饼和西瓜汁。我们坐在长椅上抽烟。达莉娅把头靠在我肩上。她突然对我说:"你和他不一样,你心好,关心我儿子。"我不知道她希望我做出怎样的回答,只好说:"啊,是的,没错,但那都是为了你。为他,还是为了你。他需要你,就像你需要他一样。"其实,我等于什么也没说,反正她也没有听。她所听见的,是她脑子里正在想象的东西。

"你知道,达尼埃尔,"她的声音有点低,好像要吐露什么秘密似的,"要是我能让法比跟我在一起就好了,要是我能让他属于我一个人就好了。"她望着前方,目光显然有点犹疑。"我很清楚我要做什么。我要回圣胡安,回我们家去,回我的洛伊萨区,再也不要回到这里来,"她沉默了一会儿,然后用沙哑的嗓音说,"我要自己抚养他,我不需要任何人,这是我的命,你知道,这是我命中注定的。"

她说这话时,语调忧伤而严肃,我的眼泪忍不住地在眼眶里打转。可是我知道,由于嗜酒,她也许永远也实现不了她的计划。她还将继续摇摆在男人之间,继续沉浸在绝望之中。

她在自言自语,我想,我其实并没有听。她说到洛伊萨的大房子,运河边的木头房子。她说到艾滋病患童,有些已经感染,头发全掉光了,瘦得吓人,简直就是一群小幽灵。她要去那儿,带着法比。她要给他们讲故事,为他们唱歌,逗他们开心。她天马行空地幻想着。我把她带回房间,把她放在床垫上。五月里,房间热得像火炉。我直接睡在地砖上,卷了一条毛巾当枕头。我知道这一切都不会长久了。我们已经携手共度了一段旅程,今后将要各走各的路。

果真如此。有一天,好像是五月末的一天,她向我宣布:

"达尼埃尔,我不能和你在一起了。"我什么也没问。她说:"你肯定会生气,会怨我的。"我不敢告诉她,她无论做什么都不会让我生气。我想,她不会理解的,她会认为我冷漠,对她满不在乎。事实恰好相反,因为我爱她。

事情发生在下午,我正在朗波里奥图书馆做河谷的土壤学记录。天气一热,朗波里奥就没人了,我觉得自己成了惟一的研究员。我坐在那儿,铅笔对着地图。

"怎么啦?"

"是埃克托。托马斯·摩西邀请他来朗波里奥,请他谈谈萨尔瓦多的情况,谈谈罗麦罗大人,谈谈所有被谋杀的牧师。"她又补充了一句,因为在她看来,这可以解释她后面要说的话,"法比也要来,我可以一直和他在一起了。"

突然间,我感到烦躁、愤怒、甚至嫉妒。我听到耳朵里在嗡嗡作响,我感觉到从高处跌落的眩晕。

我一句话也说不出,我没什么可说的。打从一开始,一切都已注定,我们谁对谁都没有权力,我们不过是萍水相逢;达莉娅不爱我,她的心还在埃克托身上,尽管他们已经离婚,尽管她曾遭受欺骗,尽管她经历过种种痛苦。还有那个三岁的男孩,法比,她曾经无数次给我看他的照片。那男孩子长得很像她,和她一样长着大大的黑眼睛,赤褐色鬈发。有一天,我开玩笑说法比是阿维拉人的小男孩儿,爱加尔多·罗德里格斯·胡里阿小说里引导逃亡者的先知儿童。达莉娅居然生气了:"我不许你这样说,你听到没有?我绝对不允许你评论我儿子,怎么都不行!"她的声音很尖,眼睛像发怒的母猫一样闪着怒火:"我不许你说他的名字,就连名字也不行!只有我有这个权力,你明白吗?"

我忽然成了她的敌人。我想起在人类学家的山冈上,阿里亚娜·露兹听到我攻击加尔西·拉扎罗时的反应。

或许正是这让我耳朵里嗡嗡作响,让我感到眩晕。我感到很孤独。一种虚空的感觉,我的生命中的巨大的虚空。

我遇到了莉莉。

我并没有回红灯区。河谷里的生活那么幸福,何必去操心那片罪恶、贫穷的无人区?我一直厌恶富人区的小资产者们看热闹似的去贫民区和红灯区旅游参观,厌恶每年春天都来华雷斯、诺加雷斯和蒂华纳的酒吧里泡完中学最后一年的得克萨斯和加利福尼亚小鬼,厌恶从意大利、法国和瑞士来这个理想国碰运气的旅游者,用金钱买到他们在自己的城市里幻想奸污的小姑娘和小男孩,还有那些认为在沉闷的空气中、在破车的噪声中、在古巴、马尼拉、特古西加尔巴的自动电唱机嘶哑的音乐声中、在赌场满是油污的柜台上喝一杯啤酒就是"生活"的作家们。

从阿里亚娜·露兹那里,我得到了她的住址。

我一直在朗波里奥的图书馆里翻阅《特帕尔卡特佩盆地简报》①,以便绘制地图。我们谈谈这,谈谈那,然后她告诉我:"你知道莱昂·萨拉马戈放弃了红灯区调查计划吗?"我不敢相信:"啊?为什么?"阿里亚娜狠狠地盯着我说:"这不正是你所希望的吗,自从你上次骂过他们以后?"我很惊奇她居然如此高估我的影响力。"我不相信。"我说。阿里亚娜耸了耸肩:"伪君子!"然后,她像告秘似的,压低声音,简短地答道:"萨拉马戈,他碰到了麻烦。你知道,他想和加尔西一起在那姑娘、在莉莉生活的地方做个调查。他们到奥朗蒂诺伞兵区去过两三次,肯定有人把这事抖搂出来,传到律师阿朗萨斯的耳朵里。那家伙肯定是害怕了,怕自己受牵连。托马斯·摩西亲口说的,这已经足够导致政治后果,他告诫加尔西·拉扎罗和莱昂·萨拉马戈,朗波里奥没有钱来结仇,特别是跟阿朗萨斯。所以,他们放弃了调查,所以,不再有什么红灯区,不再有什么莉莉亚娜,'恶鬼'是不好惹的。"

听到这里,我痛苦万分,却无言以对。

我问阿里亚娜:"你有那姑娘,莉莉的地址吗?"

---

① 原文为西班牙语。

她用讥讽的眼神瞅着我说:"怎么,你,你也想去会会她?"

我装做没有听懂她的言外之意,回答道:"我呢,我不用听阿朗萨斯的指派,不属于朗波里奥。我不过是这里的一个无足轻重的过客。"

阿里亚娜似乎很欣赏这个理由,我甚至觉得从她严肃的面孔上察觉到一丝快意:"好吧,反正这也是人尽皆知的秘密。"

她向我解释道,她到那里去过一次,是陪加尔西去的。那是在运河旁边,红灯区惟一的一家杂货店旁边。"她就住在那儿,一座破破烂烂的小木屋里。""和一个男人住在一起吗?""我去的时候,她和一个她喊奶奶的名叫唐娜·蒂亚的老太婆住在一起,我只能讲得出这么多了。"

阿里亚娜仍然用一种疑惑的目光打量着我。

"你真的要去吗?你知道,那些人很危险,那地方也不安全。也许你应该叫个人陪你一道去,比方说,达莉娅·华。"我发现,在这座巴掌大的小城里,真是没有不透风的墙。我忽然感到非常愤怒,好在很快就压住了。

我冷笑道:"我要做的是检查,我要见那姑娘可不是为了写什么文章。"阿里亚娜反驳道:"是吗,那是为什么呀?"紧接着又说:"请原谅,我真是太蠢了。您,您可不是那样的人。"我不知道这是她的奉承还是俯就。

阿里亚娜在包里摸索了一会儿,掏出一张折了四折的照片。我看到一个穿着军便服的姑娘被一个戴得克萨斯帽、满脸痤疮、比她大一些的男人搂在怀里。这是莉莉和恶鬼。她对我说:"喏,收着吧,反正我没用了。"

阿里亚娜走后,我独自望着面前的地图和杂志,我究竟为什么如此渴望见到那个莉莉,我为什么会在某天晚上出现在阿特拉斯花园,可笑地在那些姑娘面前转悠。我制造了某种神秘、模糊的东西,就在那座亮着霓虹灯,响着昆比亚音乐,树缝间闪着红光和黄光,把那些行尸走肉般的姑娘照得眼眶深陷,把她们的嘴巴变成伤口的花园里。

莉莉,潟湖的莉莉。娃娃脸,穿着紧绷绷的束胸紧身衣的莉莉。从亚拉拉、瓦哈卡的大山深处来的莉莉。我曾在奥朗蒂诺潟湖边的铁皮顶砖房里遇到的莉莉。我想象着她在等我,想象着她知道我会来。

走到土路尽头时,我望见了她。她坐在房门前,穿着肥肥的长裤,T恤上写着"激进的巴斯克",一个常用在卡车司机头上的名字。

她并不比那些在路边玩所谓"棒球"的孩子大多少,他们用棍子和罐头盒代替球棒和球打着玩。莉莉的脸圆圆的,嘴唇厚厚的,乌黑的头发仔细地别在脑后,刘海一直覆盖到眉心,把眉毛都盖住了。我立刻就认出了她,因为阿里亚娜给我的那张照片,也因为我曾经梦到过她。我认出了她的目光,坦荡的平和的目光,她深深的瞳子里闪烁着星星的光芒。

和她说话的时候,我并不知道自己究竟想说什么。我觉得在那一刻,我没有任何话要对她说。我说:小姐,我想请求您的允许……但我没有继续下去,她望着我,并不惊奇。我只想站在她面前那块能晒到太阳的地方,只想让她看着我的影子。

我不是来和她谈话的,不是来和她互道姓名、地址,一问一答的。她似乎没有任何期待。我离开了她面前的那块太阳地,在她身旁蹲下,递给她一支烟。我想请求她的饶恕,饶恕男人们对她做过的一切,饶恕那些侮辱,那些耻笑;饶恕他们把她从故乡劫走,交给一帮刽子手;饶恕他们的乱伦、奸污与亵渎;饶恕他们把她的身体当作出卖的对象;也饶恕他们把她的身体作为研究对象,成全了学生、研究者,包括人类学家也叫食人者的下流的目光。他们的手从口袋里掏出小笔记本、小铅笔,偷偷地打开藏在背包里的录音机;在值班室里听到她那清脆的、略带鼻音的、有点抑扬顿挫的讲话录音,一个山里姑娘的声音用朴素而天真的语言回答着他们暗藏陷阱的问题时,他们爆发出欢愉的大笑。请饶恕公证人特里戈;饶恕坏心肠的律师阿朗萨斯,他压迫得伞兵区居民喘不过气来,还威胁要把她和她的祖母驱逐出境,关到监狱里去;请饶恕恶鬼,他也许是所有人中最可怕的一个,因为他从不撒谎,毫不掩藏他的真实嘴脸,一谈到钱,竟然连个虚伪的承诺也没有。

这一切,我都无法向她说出口。莉莉安静地抽着烟,抽完后,用鞋底把烟头踩灭,然后站起身接受我带给她祖母的礼物(一盒果汁软糖甜饼干,一升半苏打水,一块在伞兵区入口处的唐·乔治那里买的卡洛·钦托巧克力)。她跑到房子里又找出一张凳子,一张很小的木凳,印第安人坐的那种。我们继续坐在太阳底下。

我们竟然比来自两个星球的人还要陌生。然而,和她在一起,我觉得很舒服。她开始回答我的问题,声音柔柔的,清新而年轻,还带着些许嘲弄的口气。她谈起她那从不出门、白天也睡在卧室里的祖母,谈起区里的孩子,他们有的负责卸货,有在草莓地里干活,卡车每天早晨黎明前就会来收草莓。

我不敢跟她谈红灯区,谈她艰辛的生活。我不时地注视着她,试图从她的脸上,额上,眼睛里看出遭受暴力的痕迹——她总是跟河谷的显要们相会在破败的房间里,斑斑点点的绷床上,那里只有一个梳妆台,一面缺口的镜子,一张塑料椅,给男人们放衬衫和长裤的。

然而,我什么也看不出来。罪恶像脏水一样从她身上流过,没有留下丝毫痕迹。男人们曾经抱住她的胯,压在她的身体上。那些普普通通的男人,不好不坏的男人,有老婆有孩子、住在光荣区、半月区、天堂区新别墅里的男人们。有农民,有店主。其中也许有我在做土壤研究时见过的唐·奇,那家伙垄断了鹰嘴豆收割机,满脸不可一世的样子,身板又高又壮,因为成天受日光照射,皮肤几乎成了黑色;还有公证人特里戈,阿朗萨斯的全权代理,瘦高个儿,乱蓬蓬的小胡子,自称是河谷诗人。而莉莉,如同一朵鲜花,一朵印第安鲜花,五月的鲜花,摇曳着柔软的花瓣,散发着香草的气息,一朵花蕾初绽的、生气勃勃的鲜花。男人们摸她,闻她,在她身上流连忘返。他们每一次都会从她身上夺走一些生命和青春,而她却依然保持着温和的目光和轻柔的嗓音。她的微笑,她那女人的身体和孩子的面庞,依然保

87

留着她来自土地的芬芳。

她停下了,我突然发现,我和那些男人没什么两样。

我找过你,我径直来到你家,你惟一的庇护所。我坐在你身旁的凳子上。我给你带来礼物,你交给了房子里那个你称作祖母的老妇人,尽管每个人都知道她是给你拉皮条的①,在你逃离父亲之后收留你,然后把你卖给了恶鬼。而我,我和所有那些男人一样,想要品味你的芬芳,分享你的生命。

她给我端了一杯可乐。我小口小口地品尝着。人们从路上经过,并不正眼看我们,而是窥伺着我们。小鬼们躲在墙后面喊脏话,莉莉站起身朝他们扔石子。

然后,她又在我身旁坐下,双手夹在膝间。她突然问了我一个问题,让我不寒而栗,她只说了一句:"现在怎么办?"我不知道该如何回答。她告诉我,她就要离开了,到美国去。我想象着你,潟湖的莉莉,在洛杉矶的马路上,在芝加哥郊区,穿着厚运动服,头发剪短烫弯,在墨西哥辣牛肉餐馆或电话公司里工作;我想象着你,莉莉,嫁给了一个军人,住在丹佛②某个军事基地的一幢整洁的小楼里。太荒唐了。

但是,无论怎样都比你现在的情形要好。我想对你说:走吧,我要和你一起走,不管你去哪儿,我都要跟着你。我们将一起越过帕洛马斯-哥伦布边境线,整夜穿过沙漠。

---

① 原文为西班牙文。
② 美国科罗拉多州首府。

你认识可以吃喝的草根,认识龙舌兰酒和枣红色野马。我呢,我认识城市,道路和可以睡觉的地方。我们要骑着灵猩①去北方,也许一直到加拿大去。

她叹了口气说:"也许我在那之前就会被杀掉。"她的语气没有变,丝毫没有夸张,听起来似乎更真实一些。我对她说:"那里没有人会杀你。"我还想补充一句,但我不敢:因为你是不死的。她不会明白。

我们一直坐在椅子上,没有触碰,也不说话。卡车带着一路烟尘从地里回来了。脸上包着头巾的孩子和女人从车上下来。他们望着我们,一定以为我是拐卖少女儿童的人贩子。

莉莉保护着我。她用她的目光使世界保持着初生的状态。

莉莉,你没有向我提问,你没有问我想找什么,没有问我为何而来。你只问:"现在怎么办?"你的年纪跟庙里的玄武岩一样,你是一株不死的根。你活泼温和,你见识过罪恶,却依然保持着赤子之心。你推走了运河边的垃圾,你滤净了奥朗蒂诺潟湖里的污水,你令贫穷破败的伞兵区熠熠生辉。

她进了屋。唐娜·蒂亚叫她了,要她拿一杯水和一碟汤。我沉入我的梦里。我离开了莉莉,头也不回地走了。路过唐·乔治的店铺时,我看到孩子们正挤在一起买口香糖,袋装苏打水。太阳落向坎波斯那边的山冈。麻雀掠过

---

① 一种体瘦、腿长、目光锐利的猎犬,奔跑迅速。

空荡荡的天,向洛斯雷耶斯路边高大的桉树上飞去。我走进轰隆隆的河谷,运送草莓的小汽车和卡车已经开始兜圈子了,红红绿绿的灯就要照亮红灯区的花园,就在午夜来临之前。

埃克托住在朗波里奥一位历史学家的别墅里,那人原来叫蒙切瓦斯,因为嗜酒的缘故,人称唐·芝华士①。

这里是河谷的时尚区,叫做果园区。这里种植着百年的芒果树和番石榴树,老石板路两旁开着金凤花。一条灌溉渠将这里和伞兵区隔开。不过,穷人们不时在夜里架桥,企图入侵。于是,战斗在所难免。果园区的卫兵大部分是失业警察,被房产主雇来,负责在住宅区巡逻,用警棍和狼狗对付入侵者。他们穷追不舍,一直追到入侵者搭好的木板桥上,不过,第二天,桥又会重新搭起来。

是达莉娅邀请我来的。她可能觉得她对我犯下了某种说不清的罪行;也可能是觉得她的生活又获得了新的意义,一定要想法儿表达一下;再有可能的话,就是故意要把她的前夫和前情人召集到一起,存心找点乐子。

想到这儿,我发现自己似乎是令她闷闷不乐的原因之一。每当她谈到革命时,我的态度总是冷漠、自私和怀疑。然而对她来说,除了儿子,只有这些才是重要的:即将到来的革命,波多黎各反抗北佬统治的斗争。她对切·格瓦拉的破照片很感兴趣,不是全世界的T恤衫上

---

① 苏格兰芝华士威士忌,世界名酒,拥有两百多年悠久历史。

都能见到的阿尔贝托·迪亚斯①拍摄的那张浪漫照片,而是格瓦拉死前几个星期在玻利维亚森林里的形象:一张被大胡子吞没的狂热的脸,皱巴巴的衣服,气色如同在火车站长凳上过了夜一样。他的脸已经烙上了命运的印记。

埃克托与人类学家们在石子山上举办的荒唐的自娱自乐的庆祝活动毫不相干。他是大革命的一名战士。

在等待革命的时间里,他借住在唐·芝华士家宽敞的起居室里。我认出坐在唐·芝华士身旁的是他的妻子贝尔塔,她是瑞士、德国混血儿,古代史专家。唐·芝华士当初请她到朗波里奥来,主要是为了能够使这里拥有一名真正的拉丁语学者,因为在这个地方,拉丁语甚至比塔拉斯各龙更富有异域风情。贝尔塔的两个女儿,一个叫雅典娜,一个叫阿佛洛狄忒,小女儿长得跟她母亲一样丑,一样壮。

埃克托身着戎装:帆布长裤和多口袋的咔叽布衬衣。他的皮肤是棕色的,看上去更像是个征服者,而不是游击队员。和他一起的还有个男孩,确切地说,是个十八岁到二十岁上下的青年,典型的印第安人,神色温和,没什么表情,细长的黑眼睛,一张嘴便露出满口雪白的牙齿,被他深色的面孔映衬得相当醒目。奇怪的是,扮演女主人

---

① 阿尔贝托·柯尔达(原名)为切·格瓦拉所拍摄的这张照片中,格瓦拉留着胡须,穿着军服,头戴贝雷帽,气宇轩昂,是世界上被复制、编改和散布最频繁的影像之一,从T恤、海报到壁画、旗帜都可见到。

角色的是达莉娅,她负责把橙汁倒进杯里,让大家传干酪和火腿餐盘。

我问到法比。达莉娅把一根指头竖在唇上:"他睡了。你想看看他吗?"她指了指起居室旁边的卧室,门半掩着。我不敢去。"待会儿吧,也许。如果他还没醒的话。"

谈话围绕着萨尔瓦多革命,谋杀牧师和查拉特南戈省的大屠杀。"那么现在呢?"唐·芝华士问道,"既然一切都结束了,谁还会继续战斗?"

埃克托站了起来,仿佛站在讲坛上一样。他的眼睛闪闪发光,浑身洋溢着演说家的神气,他一定经常在沙龙里演讲。"自八十年代法国与墨西哥发表联合宣言以后,世界认清了里根[①]和他那帮人,他所谓的与拉丁美洲结为同盟的良好意愿,哼,一切都卖给了腐败政权,卖给了山姆大叔,好换取武器、银行贷款,还有他们藏在开曼群岛、安提瓜和巴布达的钞票。这就是我们当前所要进行的斗争,要清除这摊淤泥。不过,我可以告诉你,同志,这场仗可不好打。"他的话带着卡耶塔诺式的激动,那人是他在查拉特南戈省的森林里认识的,一位真正的革命者,意志坚定,绝不妥协,在街头战中成长起来,对荣誉、金钱和死亡都视若无睹。

"对我们来说,"唐·芝华士的声音有点沉闷,我琢磨着,这个"我们"到底是指今天在场的来宾呢,还是他希望能够代表的那些现代史专家,"对我们来说,无法理解的

---

① 罗纳德·里根(1911—2004),1981—1989年担任美国总统。

是,代表萨尔瓦多的马克思主义倾向的法拉翁多·马蒂全国解放阵线和萨尔瓦多·卡耶塔诺阵线①怎么会跟天主教会结成联盟?"他抽了一口雪茄,"还有,更难理解的是,天主教会那样进步,怎么会跟革命军联合起来,那帮人除了暴力就没有其他解决问题的办法。这些事在我们看来——怎么说呢——有点变态,不可思议,你们说呢?"他转向我和达莉娅,想得到我们的赞同。最后,他很为自己所做的比较洋洋得意,一本正经地总结道:"一句话,眼下的确出现了一些奇怪的联盟,使我想到了俄国革命,教会并不一定总站在权贵一边。"听到这里,印第安人安吉尔温和的声音响起了:"朋友,你无法理解的,是教会为什么站在了穷人和革命者一边吧?"

接下来是长时间的沉寂。埃克托坐下来啃奶油小甜饼,他轻蔑地撇着嘴。安吉尔则一直面无表情,什么也不吃,只是喝潘趣酒。这时,我忽然觉得,达莉娅落入陷阱了。她属于那种女孩:让生命迷失在别人的情感里,那些她们幻想出来的人,她们自以为使之获得灵感的人。不过,她或许无法以其他方式生活了。

至于埃克托,他显然对这帮只要短期打交道的家伙不屑一顾:唐·芝华士和贝尔塔,这对小资产阶级知识分子,

---

① 法拉翁多·马蒂于1930年3月创建萨尔瓦多共产党,1944年成立"劳动者全国联盟和萨尔瓦多劳动者总同盟",1971年与基督教民主党和全国革命运动组成全国反对派联盟。1970年党内因革命道路问题发生分歧而分裂,原第一书记萨尔瓦多·卡耶塔诺率一部分党员另建法拉翁多·马蒂人民解放力量;另一部分人成立人民革命军,1975年他们又成立萨尔瓦多革命党。

像王公贵族一样住在大理石别墅里,离伞兵区的烂棚子和妓女们躲避权杆儿的破房子只有几步远。

不过,他什么也没说。他的报复,从某种角度说,就是邀请印第安人安吉尔和他一起来,那个面带微笑、沉默寡言,把我们一个一个顺次看过去,有本事像削水果一样不动声色地抹了我们脖子的家伙。

我想谈谈莉莉,谈谈奥朗蒂诺潟湖,谈谈每天清晨把伞兵区的孩子们送到地里去干活的卡车,谈谈那些为了"麦考密克"和"草莓湖"的富足、每天在冷冻包装厂里劳作的女人。

我问埃克托:"你想要给这里带来革命浪潮吗?"埃克托有感于问题的庄严,微笑起来。他深吸了一口气,似乎在思考:"兄弟,你要知道,革命不是用感情干出来的,即便是充满善意的感情。"

唐·芝华士自以为赶来救场正是时候。他对我的问题做了补充:"你知道,在这里,我们有经验。革命、武装斗争、土地改革、国有化,甚至还有恰帕斯州的土著起义,我们什么都干过。我们足足领先了一个世纪。"

埃克托做了个鬼脸,雪茄的青烟熏得他睁不开眼。"一个世纪,很快就过去了。有一天你醒来时,忽然发现已经是下一个世纪了。"

酒杯在大家手中传递着,那是盛龙舌兰酒的小杯子,底部有十字架,干杯。这番话说完,埃克托累了。他改变了风格。唐·芝华士拿来了吉他,他俩开始轮流演奏回旋曲和西班牙音乐。埃克托弹得很好。贝尔塔的两个女儿坐在垫子上听,紧紧地依偎在一起。下午的阳光透过窗玻璃射进来,温暖,金黄,一如杯中的龙舌兰酒。埃克托开始唱歌。他唱的是忧伤的间奏曲和情歌,褐色的眼睛掩映在浓浓的眉毛底下,闪着光芒。

一切都浪漫极了。我能够想象,他正是通过这些歌儿把达莉娅吸引住了,把她抓到他的陷阱里。谈起游击战理论时,他是强硬的、粗暴的,但诠释阿古斯丁·拉腊①的抒情曲或弗里达·卡罗②钟情的桑东加舞曲时,他又是温情的、忧伤的。

我由此得出结论,一个法国地理学家肯定对拉丁美洲的当代史一窍不通,对这些喜剧、悲剧演员一无所知,更不可能理解埃克托与达莉娅之间的爱情故事——这时候,法比从旁边的卧室里走了出来,模样像个小王子。我只是通过照片上的形象认出了他。他仿佛真的是从图册上走下来的,因为刚睡醒,头发乱蓬蓬的,眼睛里还笼着睡梦呢。

他缩在达莉娅的怀里听歌。他有着母亲的优雅、肤色和头发,以及父亲的湿润的、深色的大眼睛。

他带着孩子的严肃,把我们挨个儿打量过去,每个人都冲他微笑。只有安吉尔似乎无动于衷。他和法比一样,目光既羞怯又坚定。

---

① 20世纪30年代墨西哥的"音乐诗人",推动了墨西哥民间音乐事业的发展。
② 弗里达·卡罗(1907—1954),墨西哥现代史上最著名的女画家,共产主义者,双性恋。

我感到一阵无法解释的战栗,刚才我们谈到的一切,所有关于革命和宗教的漂亮话,密特朗和波提洛①之间达成的协议,里根为了稳住拉美镇压军以免使叛乱蔓延而小心翼翼地实施的拖延战术,所有一切都被这个小男孩和查拉特南戈省的印第安人的目光一扫而空。他们不需一字一句,他们的目光中具备一种年轻的力量,一种如岩浆涌出火山口般从历史中喷涌出来的、缓慢而庄严地前进着的力量,一种与生命同样的力量。

我不再听唐·芝华士和埃克托唱歌。我拥吻过达莉娅和法比,我不知道是否还有再见到他们的一天。我觉得自己仿佛坐在筏子上,顺着一条雾蒙蒙的河漂下去。

如果有可能,如果有勇气,我会从一座板桥穿过灌溉渠,到伞兵区去,一直走到潟湖边。我要去那里寻找莉莉,聆听她的声音,沉浸在她的目光里;看着她为那个她称作祖母的老妇人做汤,然后走上恶鬼的车,到花园去赚钱谋生。

然而,我又回到了空荡荡的公寓。当我在床垫上躺下的时候,傍晚的汽车开始在狭窄拥挤的马路上兜圈子,喇叭奏出《蟑螂》《麦芒》和《班巴》的前几个音符。

拉法埃尔来到朗波里奥。他走进图书馆的时候,我没有认出他。他看上去长高了,长壮了。他的头发生得非常浓密,覆盖在圆圆的脑袋上,样子像个爱斯基摩人。

---

① 墨西哥前总统。

他看了看我的地图和笔记本,问道:"这些是做什么用的?"

我试着跟他解释:"我准备到特帕尔卡特佩河谷做一次研究旅行。我得选一条路。"他拿起一张地图,微微斜着,仔细看起来。"这是你要走的路吗?"他指着河流及其支流,还有等高线。

"我要尽量沿直线前进,好做一副剖面图。"

他总是听不懂我的话:"为什么要沿直线走?"

我答道:"这是一个勘测。"

拉法埃尔没有纠缠这个词,况且这个词对他来说没什么意义。他问道:"就算你沿直线走,你不会遇见人吗?"

我摇了摇头:"不,我不要见任何人。我做的是土地研究,不需要见人。"他惊奇地望着我:"可是,如果你不见那片土地上生活的人,你又怎么能把土地研究清楚呢?"他的话确实在理,但我宁愿换个话题。

现在是下午三点。图书馆里没有其他人,只有一个在这儿做管理员的女学生蒂娜,她好像正在全神贯注地读一本插图小说。

我把拉法埃尔带到柑橘园里。他对一切都很好奇,认真地打量着四周:蓝瓷砖水池、没有开放的喷泉、盆景、镶着啤酒商标的铁桌子,还有阳伞。他想看看蜂房一样的小卧室(唐·托马斯喜欢把研究员比成蜜蜂)。

我还带他参观了午餐时间空无一人的办公室。他最感兴趣的,既不是电脑、复印机,也不是带有大屏幕的投影仪,而是一台被封在院子尽头的砖墙里的上世纪的日晷。他看了看石膏盾徽上刻着的拉丁字母:在时间中永恒不变①。他问这是什么意思,我告诉他以后,他嚷嚷起来:"一点意思都没有!干吗要写这样的谎话?"我向他解释说,这座房子从前的所有者维尔多拉加家族非常虚荣,像匹克威克那样对人文科学不屑一顾,但拉法埃尔仍然坚持自己的意见:"你知道有两种相同的时间吗?你已经度过的日子,有的有几个月那么长,有的却只有一眨眼的工夫。"我向他指了指他从太平洋之行开始一直戴在腕上的手表。他告诉我:"这不是为了我自己,是为了工作,我的老板希望我能准时。"听到这个消息,我很惊讶:"你现在有工作了?做什么?"他有点支支吾吾的:"我在集市上干活,在一家卖种子的商店里。"他稍稍向后退了退,好欣赏日暮。"你的话很愚蠢,"他总结道,"不过,这东西挺有用的,我可以给坎波斯做一个,放在高高的观星塔上。"

我们在一把大阳伞下坐下来。我用大咖啡壶煮了两杯咖啡。拉法埃尔在自己的杯子里加了很多糖。他看着粗红糖从勺子里流下来,开心得像小孩子一样。他告诉我:"我不会再住在坎波斯了。我工作是为了存钱,继续旅行。在我这个年纪,应该什么都试试,我还有很多东西要学。你觉得呢?"我说:"那你的朋友呢?那个参事,叫什么来着?""安东尼——贾迪,就是他向我们提出这个要求的。他希望我们做好离开的准备,他说我们应该到其他地方去生活。有个男孩已经走了,他去了墨西哥,写信告诉我们说,他就

---

① 原文为拉丁语。

要在那儿跟一个姑娘结婚了。"

我看着他,不知道该说什么。想到拉法埃尔离开了坎波斯高墙的保护,投身于河谷中,我心里升起一种忧虑。

拉法埃尔或许猜到了我的感想,因为他换了话题。

"我有没有跟你说过我爹和娘是怎么认识的?"

我默默地望着他,于是,他继续说下去:

"我爹是魁北克北部圣-让湖的衣努人,那里没有路,只有森林跟河流。爹爹二十岁那年,和我叔叔一起,在冬季去森林里打猎。他们走了几天,什么也没打到。后来,他们被暴风雪困住,迷了路。继续前进找路的时候,爹爹走得太急,掉进了一个陷阱,摔断了腿。他没法再继续前进,我叔叔就给他做了一个挡风篷,留下口粮和点火用的油,找人求救去了。我叔叔继续向南走,终于找到一条铁路。他爬上了开往西边运木材的第一辆火车。火车开了整整一夜,经过森林边的一个小村子时,我叔叔跳下车,敲开了一户人家。那家的一个男人同意带上雪橇去找我爹。他们把爹爹带回村子,给他疗伤,替他绑上夹板和绷带,因为村子里没有医生。就在治腿的地方,爹爹认识了一个非常漂亮的姑娘,金头发、蓝眼睛,他立刻爱上了她,她也爱上了他。伤好以后,他又出发去了圣-让,不过他答应会回来。后来,他们就结婚了。那姑娘叫玛尔特,就是我娘。他们一起去狼河生活。爹爹在当地一家锯木厂里工作,我就出生在那里。"

讲这个故事的时候,拉法埃尔很平静,并没有提高嗓门,仿佛在讲一个童话。不过,故事的结尾比较悲伤:"现在,我娘已经不在了。她有心脏病,在我十岁那年去世了。

爹爹没能挺住,他开始酗酒,不再工作。有一天晚上,他跟人打架,把一个人打伤,被关进了监狱。法官把我软禁在教会圣师那儿,我几次逃跑,都被警察抓回来,送回寄宿学校。于是,爹爹决定逃跑。有一天,趁囚犯们在地里干活的工夫,他弄了一辆车,我们开着车往南方逃,一直来到这里。喏,这就是我的故事。"

在下午的暑热中,我们坐了很久,没有说话。城市处于暂停状态。这正是唐·托马斯喜欢午休的好时光。就为了这,他在朗波里奥另一头的办公室里,那个从前曾经是服务间的地方,安了一张营床。我得知他的习惯后,给他讲了圣保罗·鲁①的故事,他听了非常高兴,睡前特地在门上贴了一张告示,上面写着:主任在工作。

不久,黄昏降临,汽车又开动了。拉法埃尔用他讲述父母恋爱故事的腔调说道:

"你要我给你写写坎波斯的故事。我会写的,因为坎波斯将不复存在了。这是参事说的。他收到房地产商的一封信,我们有四十五天的时间搬离这里。"

这消息令我震惊。我知道危险的存在,谣言一直在坎波斯传播,但我没想到事情如此紧迫。我想对拉法埃尔说,我们还有希望,我可以试图动员朗波里奥人,动员那些人类学家,我们可以跟阿朗萨斯谈谈。

但拉法埃尔不听。他有点激动:"参事告诉我们,我们

---

① 圣保罗·鲁(1861—1940),原名保罗·皮埃尔·鲁,法国象征主义诗人。他有一个习惯:睡觉的时候,总在门外贴一张条子,上面写着:诗人在工作。

住在一座火山上,等到火山苏醒的那一天,一切就完了。我们既不知何日,也不知何时。所以,我们今天就得离开。我们应该到其他地方重新开始。"

他的声音年轻而清新,我仿佛听到莉莉正在谈她动身前往边境的打算。与此同时,我感受到拉法埃尔的忧虑。坎波斯是他的村子。他初到这里的时候,还是个不跟任何人说话的叛逆的孩子;而现在,他已经是个男人了。

"你打算去哪儿?"我问道,虽然知道自己违反了坎波斯的规矩:从不谈论未来。

然而,拉法埃尔答道:"我们要去南方。我不知道那地方,没有人知道。贾迪梦想着南方海边的某个地方,也许我们就会住在那样一个地方,走着瞧吧。"

我很想知道多一些情况。我想谈谈细节,钱啦,护照啦。但我知道这是无济于事的。我还想要一张地图,线路图,还有汽车时刻表。

拉法埃尔的表情好像在做梦。他说:"有件事我很遗憾,贾迪老了,我不知道他现在还能不能走。他说让我们自己走,以后可以再回来,去他家看他。可是,我们都需要他。"

出发之前,拉法埃尔给我看了件奇怪的东西。他从衬衫里掏出一张折好的纸,上面画着如下一张图画:

```
        +       +
          +   +
           + +
            +
```

"你看,"为了打消我的顾虑,他说,"我也有一张地图。这不是土地地图,而是我选择的一块天空,我替你画了出来。"

然后,他撸起衬衫袖子给我看他的左手腕。在他褐色的皮肤上,我看到七个灼伤的痕迹,跟图上画得一模一样。"这是我用一根烧红的钉子刺的,为了不要迷路。"

他的目光中闪耀着平静的狂热。我记得,我当时感到一种虚空,感到耳鸣,因为那一刻,我认识了坎波斯居民和他们的参事的疯狂,明白了他们为什么在常人眼中罪有应得,为什么会被从河谷驱逐出去的全部原因。

我回到奥朗蒂诺,这是河谷最有生机的地方了。

潟湖并不是很大。冬天是旱季,湖水泛着深幽的蓝。傍晚,燕子飞得很低,翅膀擦过湖面,漾起一圈圈涟漪。经过水面时,燕子会啜上一口水,不时还能捉住一只虫子。

起先,"伞兵"住在潟湖的湖岸上,不仅能饮用湖水,有时还能捕点青蛙。有一天,我发现潟湖南岸竖起了一道栅栏。过了一段时间,推土机开过来,推倒了五十多座棚子,夷平了那块土地。这好像是河谷多家银行共同投资的计划,准备把这里建成一片富人区,盖上花园、露天游泳池和高尔夫球场,将它命名为奥朗蒂诺,就这么简单。

住在不远处的土著翻译亚居斯跟我解释了这件事的始末:河谷的律师和公证人联合起来向银行借贷。律师阿朗萨斯担保:"伞兵"大部分都是他的人。的确,"伞兵"住在湖边很可能并非出于偶然。这块地属于河谷某个大家族的最后一位幸存者,一位叫做安托尼娜·艾斯卡朗特的老姑娘。阿朗萨斯把"伞兵"打发到这里的时候,根据革命法将空地授予没有土地的农民的规定,制定了一道土地征用令。因此,只要用一点微薄的劳役金就能把农民手中的地赎回来,他们是无法拒绝这笔钱的。

潟湖对岸,一切都原封未动。莉莉祖母的小木屋一直在那里。我敲了敲敞开的门,然后走了进去。在厨房里,我发现了唐娜·蒂亚黑魆魆的身影。她坐在一把小小的童椅上,样子像个巫婆。

我进屋时,她没有动弹。她古铜色的面颊上,两只眼睛如同两个玻璃球,完全没有活气。像所有盲人一样,老太太对一切都无所畏惧。她感觉到我的存在,但她一动也没动。

忽然,她用不快活的腔调嚷起来:"谁呀?"然后说,"请你出去!"

我本该想办法哄哄她,给她带苏打水和华夫饼干。我本该等等莉莉。

可是,莉莉今天不会来了。贝托,我每次拜访莉莉时都会监视我的男孩中的一个,那个长着讨厌的瓦刀脸的印第安男孩告诉我说,莉莉昨晚被恶鬼用汽车带走了。在乔治的店里,我给他买了些糖果,让他和区里的小鬼们分着吃。不过,他也许会把糖藏起来,藏在某个角落里,高高的地方,免得被狗衔走了。

伞兵区沿着灌溉渠绵延数公里。没有人去那儿冒险,连一个去那儿做课题的人类学家也没有。"伞兵"并不真正存在,他们是一群幽灵。

白天,我几乎不会在那里碰见任何人。土地被炸坏了,泥浆总是不干,就算不下雨也一样。灌溉渠里的水渗进黑乎乎的土壤里,把土也浸臭了。

我认识了灌溉渠边的几个小鬼:住在唐娜·蒂亚隔壁的费明、贝托、福洛,还有几个我忘了名字。他们又凶又坏,不过都跟我混熟了,也许是跟我给的糖果和口香糖混熟了吧。

这里的大部分孩子都得工作。卡车一大早就来接孩子和女人,把他们带到草莓地里去。草莓采摘的季节,许多孩子都得跟着他们的母亲去村口卡拉盘路和越加罗路的包装冷冻工厂。工厂的名字都很上口。我本来可以在我的讲座中提到的。它们是埃尔多罗、阿兹台克、里奥伏里欧、科努科比亚科。它们都属于地区草莓冷冻出口协会。

高大的灰色水泥城堡周围环绕着停车场,半挂车常年在这里穿梭。朗波里奥的一位经济学家可爱地将这些城堡称为"蜂巢"。的确,工厂总是发出嗡嗡的声音,那是压缩机在夜以继日地制冰。

我想参观一家工厂,却没能如愿。一个穿灰色制服的带枪卫兵向我解释说,为了保持卫生,闲人免进。他告诉我,这里的筛子都装有鼓风机,以驱赶苍蝇,还有紫外线用来杀灭微生物。可是,我想起了每天早晨从这道门进去的穿得破破烂烂的小鬼,难道在他们给草莓去梗之前,会有人给他们洗澡?我觉得这个卫兵有点瞧不起人。在他眼里,我一定像一只好奇的大苍蝇,随时准备飞到行政官员耳边嗡嗡叫。也许官老爷们看过厄内斯特·费德的《草莓帝国主义》,并且很不喜欢。

在唐·乔治的小店里,我等待着卡车回来。

唐·乔治是个食品杂货商,五十来岁,很健谈。他已经跟我讲过几次他从前的生活,那是他在密歇根州的底特律做铁路员工的时候。他是个跛子,因为他的脚曾经被一根铁轨砸过,断了四个脚趾。不过在他看来,那次事故是上天惠赐的福音,因为自打那一天起,铁路公司开始向他发放一小笔抚恤金,他正是用这笔钱买下了他的杂货铺。他给我看了他的社会保障卡,还有驾驶执照。在那张塑封照片上,他不是"唐·乔治"。他肤色很深,脸上横着一道厚厚的小胡子,和南方来的普通移民没什么两样。我看到了他的出生日期,一九三八年十月。他五岁那年,巴里古丁火山从安加元的一块地里崛起。可是,他什么都不记得了。

将近下午三点的时候,卡车到了。灌溉渠的路坑坑洼洼,窄得可怜,卡车不能直接从这里走,得从土堤绕上半圈,来到果园区的入口处,停在做玉米饼的屋子前。

小店里一下子挤满了人。一群群妇女穿着沾满尘土的破衣裳、长裤、软底鞋、走形的半截裙,头上包着旧布片头。她们放声说话,放声大笑。她们身后跟着的孩子们也穿着破衣裳,小脸都被太阳灼伤了。他们拎着塑料袋,袋子里是从地里摘来的剩草莓。他们不笑,也不说话。灼伤他们小脸的太阳也灼伤了他们的舌头。

这正是乔治忙碌的时候。

我向后退了退,站在小店的一角,慢慢地喝我的苏打水,打量着鱼贯而入的妇女们。老太太们裹着满是灰尘的蓝披巾,少妇们领着赤脚的孩子,他们要么穿着厚底木鞋,要么穿着大得要命、得用带子系住的运动鞋。女人们花两个苏买糖、饼干,还有单支的香烟。乔治用长柄勺把玫瑰色的"酷莱"(一种冷饮)盛进塑料袋,她们出去后可以吸。

我在店门口抽了一支烟,碰到两个孩子,一个男孩,一个女孩,一个五岁,一个七岁。两个小家伙都脏兮兮的,拖着鼻涕,穿得破破烂烂。他们一个叫亚当,一个叫夏娃。他们不像伞兵区的其他孩子一样长着印第安人的脸庞,他们的肤色很浅,金黄色头发,绿色的眼睛。他们来自哈利斯科和特奥卡尔提切的山丘。他们在乞讨,小姑娘的声音带着哀求。

我认识他们。某个星期天的下午,我在唐·芝华士家里见过他们。我们当时正在闲聊,达莉娅好像也在。有人按响了门铃,女仆跑来开门。这两个小可怜突然出现在我们面前,相互依偎着,头发乱蓬蓬的,眼睛睁不开的样子。他们在毒日头底下扮着鬼脸,踮起脚尖向豪宅里张望。小姑娘拉着她的小哥哥的衬衫袖子,小男孩努力拎住正在往屁股下面滑的裤子。

"他们想干什么?"唐·芝华士问。

小姑娘像小学生背书一样齉声齉气地说:"看在上帝的分上,请您给我们一点水果吧⋯⋯"

她也许是看到了桌上放着的水果篮,满满地装着红苹果和葡萄,黄蜂在周围嗡嗡直叫。唐·芝华士不耐烦地转过身,对女仆说:"给他们一个塑料袋去捡花园里掉在地上的番石榴和芒果,再给他们一点发馊的面包。"

我没有忘记那一幕。

现在,亚当和夏娃就站在唐·乔治的店门口,小姑娘还在喃喃地说着什么,连手也忘记伸出来。她想要几个苏,要点吃的。

我走进小店,买了些"老虎"牌口香糖,还有哈喇味蜀葵糖剂,唐·乔治帮我装进袋子里。当我把吃的交给夏娃的时候,她还不确定自己是否真的能收下,连这个玫瑰色的塑料袋也使她感到不好意思。后来,她转过身,把袋子紧紧抱在胸前,飞快地走了,亚当跟着她,一边哀求,一边小跑,裤子从小屁股上滑落下来。

我又等了一会儿。我希望莉莉无论如何回来看看她的祖母。我那长着孩子的面孔、女人的身体、迷失了生命的莉莉。

我想到她和恶鬼的照片。她那恍惚的目光,好像刚刚抽过烟,喝过酒。那个戴着西部牛仔帽的"权杆",麻脸上满是不可一世的神气,站在克里斯特·罗伊的士兵曾经向联邦军队开火的阿特拉斯花园里。

沿灌溉渠直到奥朗蒂诺围墙边的窝棚里,女人们正在做饭,支架上的火盆里腾起青烟,混杂着厨房和石油的气味。太阳把铁皮屋顶照得闪闪发亮。这里既像是节庆,又弥漫着孤独。我感到时间的重量,仿佛土地正在后退,把存在着的一切推向镶嵌着火山的地平线的深渊。我不知为何忽然想起拉法埃尔在图书馆里所说的话:"我们既不知何日,也不知何时。"

我一直走到灌溉渠上的板桥,那是果园区的边界,我从

107

铁丝网的缺口处钻进了富人区,亚当和夏娃就是从这里进去的。

达莉娅在朗波里奥的柑橘园里准备午间咖啡。她腼腆地坐在长方桌的一头,垂着眼睛。自从她和埃克托、法比住到唐·芝华士家以后,我就没再见过她。她看上去过得不好,脸色苍白,墨西哥和那件硫黄色披风黯淡了她克里奥尔人的风采。在贝尔塔和她丈夫的旁边,她就像个孩子。

历史学家和社会学家也来了,甚至还有土著翻译胡安·亚居斯,他们都是来祝贺托马斯·摩西的。人类学家没有来。据说他们正在阴谋策划朗波里奥的夺权行动。

阿里亚娜·露兹和加尔西·拉扎罗单独待在一边。据说阿里亚娜是托马斯·摩西的软肋,托马斯·摩西迷上了她,她则像影子一样跟着他,为的是今后更好地背叛他。她是人类学家小集团的"耳目",向他们报告一切能够有助于他们致命计划的消息。

革命者埃克托·高梅兹的出现对大家来说,是个意外的收获。当唐·托马斯正式邀请这个萨尔瓦多人参加一场现代史学术研讨会时,吉耶摩和他的集团明白,下手的时候到了。他们向教育部递交了一份报告,同时呈交了一份秘密材料,其中包含公证人的证明。

埃克托坐在唐·托马斯身边,印第安人安吉尔坐在他身后一些。埃克托在抽雪茄,一副心不在焉的样子。他眯着眼睛,并不关心大家正在讨论什么。唐·托马斯向大家宣布星期五有会议,会议的名字就叫"革命",埃克托仍然无动于衷。他开始讲他在萨尔瓦多的经历,讲到罗麦罗大人的死、学生起义和镇压行动。

他的话刚落音,加尔西就向他发起了进攻。他用刺耳的嗓音和卡斯蒂利亚人装腔作势的声调开口了,鼓鼓的青绿色眼睛里射出恶狠狠的光芒:

"喂,埃克托,我听你讲过罗麦罗大人。他不是个恐怖分子吗?"他的话说得慢吞吞的,一时间,所有的谈话都中断了,每个人都把鼻子埋进咖啡杯里。

所有的目光一齐投向埃克托,连唐·托马斯也愣住了,送往嘴边的杯子停在半空中。我看见达莉娅的眼睛里闪烁着激动、愤怒的光芒。我发现她的嘴唇在颤抖:

"你应该为你刚才所说的话感到羞耻,加尔西!"

她站起来,双手按在桌上,以便更好地发言。她冲着加尔西,冲他一个人说道:

"我不知道你这么说,是因为不懂萨尔瓦多的历史,还是为了显示你聪慧过人,有本事附和那帮谋杀奥斯卡·阿尔努佛·罗麦罗主教的杀人犯。主教大人所发出的声音是那些无声者的声音,他在为教会本该保护的人说话,为那些被遗忘的人,被有钱人和权贵们视为敌人的人说话。"

她顿了顿,下面是一阵惊心动魄的寂静。我们全都愣在那儿,等待着即将出现的反驳。达莉娅站在原地,所有的目光齐刷刷地注视着她。那一刻,她美极了,她像在演出,像是舞台上的女演员。

"十多年前,罗麦罗大人在圣牌教堂为癌症患者做弥撒时被谋杀了,杀害他的正是曾经谴责过克里斯特的那帮人,罗纳德·里根派来的中情局的军人、密使。你说罗麦罗大人是恐怖分子,可是你应该知道,就在被杀害之前,大人刚刚宽恕了谋杀者。每个星期日,人们都会来圣-萨尔瓦多教堂听他布道,因为他就是大家的光明。全世界媒体都转播他的宣讲,政府每一次都不得不站出来反驳。我们根本不需要寻找谋杀者,寻找这桩罪行的幕后指使人,因为他们已经三令五申地警告过,如果罗麦罗大人继续布道,他们将无法确保他的生命安全。然而,就在癌症患者的教堂里,他还对那些想要杀害他的人说:我们同宗同源,穷苦人也是我们的兄弟姐妹。他让他们想想上帝的话,停止杀戮,士兵应该拒绝命令,放下武器。那一天,他说了这样的最后几句话:以上帝的名义,以苦难中的、祷告上苍的人民的名义,我请你们,我请求你们,我命令你们,停止镇压!"

达莉娅停下来,眼睛闪闪发光,鬈发散乱地披在肩上。忽然,在等待的静默中,发生了一件令人难以置信的事:在朗波里奥的柑橘园里,在正午的溽暑中,爆发出一阵热烈的掌声。首先是埃克托和那个印第安人,然后是所有在场者,除了加尔西和阿里亚娜。达莉娅仍旧站在那里,脸涨得通红,美得像一尊圣像。

我们觉得,此时此刻,罗麦罗大人就在我们中间,他也在为另一些人说话:灌溉渠边的"伞兵",每天在草莓地里弯着腰劳作、被监禁在冷冻厂里的女人和孩子们。

我相信,在这一刻,所有人都不同程度地爱上了达莉娅。加尔西似乎也感到难堪,因为他第一个边咳嗽边站起身离开了,阿里亚娜没有跟他去。唐·托马斯和达莉娅站在一起。这是他第一次看清她,不再把她看成那个被所有男孩子当作谈论对象的、有点疯疯癫癫的女大学生。她是一位顾盼神飞的美丽的克里奥尔姑娘,她也是一个真正的女人,聪慧的、有激情、有头脑,有话可说的女人。

我走近他俩,听见他在问她有关波多黎各的问题。她向他谈起社会问题:挨打的、被抛弃的妇女,毒品,圣胡安平民区里横行的艾滋病。我觉察到唐·托马斯想把她吸纳到研究员的队伍里来。他请她在星期五晚上做一个有关她的国家的演讲。他老生常谈地说:"……没有人了解波多黎各,大家都以为那是个喝朗姆酒,跳萨尔萨舞的小岛。"

达莉娅被一小群人包围在中间。梅南德、女秘书罗莎、埃克托和安吉尔,当然还有唐·希瓦斯和方才被达莉娅的发言打动了的贝尔塔。

达莉娅爽朗地大笑着,容光焕发,她忘记了生命中的一切黑暗。我想,她或许终于找到了自己的位置。

唐·托马斯稍稍往边上让了让,双手插在天蓝色衬衣的口袋里,头侧向一边,脸上洋溢着慈父的微笑,挺着他圆圆的肚皮,黑发中夹杂的银丝使他看上去极像一位儒雅的学者。

朗波里奥正在经历权力争斗中短暂的平静。唐·托马斯不知道,或者根本不愿知道:他正在遭到他周围大多数人的背叛,就像罗麦罗大人的遭遇一样。他也许正在品味这最后一刻的和平,这种思想交流的幸福。在这样的时刻,在墨西哥联邦最传统的一个州的中心,一位革命者,同他的帮手,同他思想激进的前妻,竟然能够自由地相会在这思想与知识的聚集地!

然而,我却感到一阵恶心,一阵难受。我意识到,所有这一切只不过是一场游戏,一出哑剧,不会比傍晚城市咖啡馆里大学生们的讨论或人类学家山冈上梅南德大楼里的上流人士聚会更有用。

我等待着傍晚的来临。几分钟后,几个小时后草莓种植园主的四驱车和越野车就要从地里回来了,那条长长的金属蛇将会把城市缠住,带着引擎和喇叭的噪声,随着被扬声器放大了十倍的贝斯的节奏。其中一截会沿着花园前进,另一截会向通往火山的路上滑去。没有人会想到姑娘们,想到潟湖的莉莉,想到老板的女囚们。这是无法避免的。

我离开了朗波里奥,来到阳光下仍在沉睡的城市。

我在奥朗蒂诺度过白天和某些夜晚。随着出发前往特帕尔卡特佩河谷日期的临近,我开始感到不耐烦。似乎只有在那儿,在我穿山过河用想象描绘出的那条直线上,我才能找到自己来到这个国家的意义。我为什么要来这里?谜底就像莉莉被恶鬼非法监禁的红灯区花园高墙后面那些不可告人的秘密一样,难以解开。

每天黎明时,我都站在草莓种植园主的卡车必经的土路上。在卸下防雨布的卡车上,我隐约看到一些人影,他们用布把身体裹了起来,为的是防寒挡灰。

那间小屋阴冷阴冷的。

唐娜·蒂亚蜷缩在卧室床边。我觉得她似乎从来不睡觉。她就像一只老蜘蛛,因为冷,变得缓慢而迟钝。

我悄无声息地走进去,她还是猜到了我的到来,她感到了我的温度,我的气味。她用不好惹的声音嚷道:"谁?"我从来不报名字,我想她是绝对不会记住的,因此我答道:"莉莉亚娜的朋友。"我把礼物放在她的膝盖上,她爱吃的蜀葵饼干,甜面包,还有黑巧克力。唐娜·蒂亚没有道谢。她一个字也没说。她从不问我为何而来,来干什么。她仍旧坐在她的小椅子上,苍老、黝黑的手笼在怀中,好把礼物抱在围裙里。她的小腿上,盘结在一起的静脉血管清晰可见,爪子般的脚趾半套在塑料平底拖鞋里。

我随便跟她说了两句话,我不确定她是否能听懂我的语言。我跟她谈起莉莉,谈起她在瓦哈卡的童年生活,谈起打她的父亲,谈起她希望能到别处去生活,到一个自由的地方去。

离开后,我在吸烟室门前站了一会儿。我听见唐娜在咕哝着什么,她好像在念咒:辛卡达,辛卡达,维拉,昂布拉,佩拉。后来,她站起身,开始在厨房里乱翻,她要用窗帘后面的水桶。她啃了几块饼干,先在杯子里浸湿,再用掉光了牙齿的牙龈咬碎。有时候,她会把椅子一直拖到屋子门口,到阳光下走两步,手里拄一把扫帚当拐杖。阳光下,她的头发很长,灰灰的,厚厚的,马鬃一样闪着光泽。她好似一尊从庙里走出来的老雕像。

她坐下来,很矮,但挺得很直。她的眼睛被阳光照得睁不开来,扫帚仍然握在手里,神情冷漠、高傲。

是她在莉莉从父亲那里逃走后收留了她。那是很久以前的事了。后来,"伞兵"来了,占据了奥朗蒂诺。从那以后,唐娜·蒂亚渐渐陷入老年痴呆的状态。她不时地半睁开眼睛,我于是看见了她受到白内障困扰的眼神。我觉得她似乎想对我说什么我无法听懂的事情。

在奥朗蒂诺,所有人都敬畏她,尊重她,除了那些到她屋子里去偷饼干的孩子们。每天晚上,区里的女人会给她送吃的,米饭和粥。莉莉花钱雇了隔壁的女孩,请她每天早晨过来扫地,到灌溉渠边把水桶刷干净。听说从前有一天,有个女人把一个从树上摔下的孩子带到她这里来,孩子已经僵硬不动了,唐娜·蒂亚揉了揉他的囟门,朝他嘴上吹了吹,孩子竟然起死复生,哭了出来。

我向排水口走去。那里是河谷的出口,经过人类学家的山冈,通往去火山的路。这里是"伞兵"孩子们的领地。

河谷的人们,或有去海边度周末的,或有带着孩子去火山自然公园野餐的,从垃圾山前开过都不会停留,除非需要扔垃圾袋,或者丢掉清洁工的垃圾车不愿拉的笨重物件的时候,才会稍做停留。即便如此,他们也不会停车。他们的小卡车在路边减慢速度,他们把东西扔到垃圾山脚下,之后,便摇起车窗,全速开走,好尽快躲开臭味和苍蝇。

贝托,那个长着印第安人面孔的孩子,是他第一次把我带到了垃圾场。他每天都要上这儿来,寻找可以捡来卖掉的东西。马路低处的一个转角上有一家收购站,是一个貌似革命军的老头开的,老人正在铁皮屋顶下昏昏欲睡。他负责买进卖出。孩子们把卸下的卡车轮胎、生锈的铁板、塑料水壶、缺口的玻璃罐、电线、水龙头和旧纸箱一起送到他这儿来。

老人看着我经过,并没有惊奇。很久以来,世界对他而言,就是他所逗留的这个街角,就是那些气喘吁吁地爬火山的卡车,就是这座日夜燃烧着甲烷的垃圾山。除此以外,在他看来,似乎什么都不存在,只有一道环形的巨大深渊,人们死了以后会掉下去。

贝托已经跑到前面很远了。他开始沿排水口往上爬。我们的头顶上,天空一片湛蓝。烟被冷风驱散,很快又盘旋着飘回来,散发出阵阵恶臭。在清洁车拖出的一条小路尽头,垃圾形成了一道障碍,一堆"冰碛"。这就是大部分孩子忙碌的地方。他们大约二十来岁,或许更大一些,如同一群黑色的小虫。他们在寻找食物的残渣,风干的玉米饼,长霉的面包,找来卖给猪圈。另一些孩子在更高一些的地方,在寻找废弃轮胎,纸箱或者废铜烂铁。他们有的赤手空拳地挖,有的用一根带钉子的长棍做钩子。

他们周围,垃圾山正在冒烟。它并不像火山那样只有一个口,而是仿佛刚刚经历过一场火灾,火光不时重新燃起。一道道淡淡的,刺鼻的,黄色的烟柱像明朗的天空飘散开去。

烈日炎炎,悄无声息。这里没有鸟,没有虫,只有叮在人脸上、手上的苍蝇。我已经看不到贝托了。我待在"冰碛"边,待在清洁车拖出的那条小路边上。路的另一头,老兵摆摊的那一边,飞舞的塑料袋挂在树枝上,挂在仙人掌的叶片上。

那天晚上,我去了朗波里奥图书馆。女大学生蒂娜交给我一只大大的信封,我认出上面的几个印刷体字符是拉法埃尔·扎沙里写的。信封里有好几页纸,讲的是

拉法埃尔的故事

"我很快就爱上了坎波斯,虽然一开始很难。

"在新生活里,我有那么多东西要学习。我必须忘掉狼河的经历,神甫的学校,课前的祈祷,六小时的弥撒,还有非做不可的忏悔。我娘死后,我爹爹开始酗酒,我呢,整天都气冲冲的,不听任何人的话,拒绝遵守任何规则。爹爹决定带我去墨西哥的时候,我想,我是再也不会回到这里来了。奶奶帮我收拾好一只行李箱,一直把我送到车站。汽车开动的时候,她一个劲地向我挥手绢。我记得马路在向后退,带走了所有的白房子,所有被秋天染红的树。我们在路上开了几天,后来,汽车在什么地方出了故障,那是一个下雪的地方。我们把汽车留在路边,继续向南走,穿过一片又一片平原,越过墨西哥的边境线,来到一座小村庄。我还记得那村庄的名字,叫做帕罗马斯,因为爹爹告诉我,那是白鸽的意思。我们坐上旅游车,晚上在车站或公园里睡觉,天一直晴着。到坎波斯的时候,我已经将生命中的记忆完全抹去了。这正是爹爹希望的,他要我忘记娘,忘记她躺在医院病床上那张蜡黄的脸,那双冰冷的手。他要我忘记衣努奶奶,忘记家里的所有人,他希望他们变成陌生人,而爹爹自己也变成了一个陌生人。"

"在坎波斯,我们整天都很忙。奥德海姆告诉我该做什么,不该做什么。一开始,我不听他也不看他。可后来,我接受了他作为我的监护人。

"在坎波斯,一切都是不一样的。

"比方说,那里没有现代厕所。男孩子在地里撒尿,女孩子到树丛里解决。大便是晚上的事,要等夜幕降临以后。男孩子几个人一起到沟里去,完事后用一点土埋好。然后,我们掬一捧井水洗一洗,再揪一把棉树树叶擦一擦。小溪边有一些大树,我们晚上就在那儿洗澡,泡在凉凉的溪水里。冬天,溪水干了,我们就在水泵旁边洗。女孩洗澡的地方高一些,在山冈脚下,树中间的一个大石头池子里。

"一开始,我不知道该怎样与女孩相处,是奥德海姆教会了我。有一天晚上,工作结束后,他把我带到了女孩们洗澡的浴池边。我们悄悄地靠近,她们正在洗着。一共十来个姑娘,有几个大的,有几个还是小姑娘。天还亮着,虽然没有月亮,我们也能看见她们滑溜溜的、闪着光泽的身体。溪水泻进池子,她们蹲在水里,笑嘻嘻地互相泼水,把头发浸在水里。她们的衣服就堆在浴池边。

"奥德海姆开始在荆棘中往前爬,我跟在他后面。我们躺在泥巴里,灌木的枝条划破了我们的小腿和脸颊,但我们一点也不觉得疼。我们屏住呼吸,免得发出声响。忽然,一个女孩听见了我们的声音,她说了些什么,其他姑娘跟着大笑起来。奥德海姆爱上了其中一个姑娘,一个约莫十五岁的姑娘,金黄色头发,她叫雅琪。她还有个小一点的妹妹,棕色皮肤,叫玛拉。参事称她们为教女,因为他母亲把她们托付给了他。雅琪有点疑惑,她走出浴池,朝我们这个方向走过来,想看看我们。夜色中,她的身体泛着蓝光,这是我第一次看见一个姑娘的胴体,她的乳房,阴阜的阴影,还有肋部突出的弧线。我害怕她发现我们,所以赶快穿过荆棘跑掉了。我听见雅琪在喊,向我们扔石头。

"我的心跳得很快,因为我觉得这是罪恶的。在神甫的学校里,他们总是在杂志上找裸体女人的照片。奥德海姆赶上来,对我的逃跑感到很不高兴。他告诉我,在坎波斯,没有什么禁忌。这就是生活,姑娘们去溪边的时候,男孩们偷看她们,她们也让他们看,这是一种游戏。他告诉我,做愉快的事情,这不是罪恶。

"他问我知不知道人们怎样做爱。我说了那些在学校里听到过的粗话,他告诉我,他要找一个晚上带我去看看人们怎样做爱,不是下流话或者黄段子,也不是杂志或者色情片上的技巧。

"一天晚上,我和他睡在同一间屋子里,他叫醒了我。我们一直走到村子高处,那里是奥蒂和她的情人克利斯蒂安的住所。我们走路的时候一点儿也没发出声响,只有夜里在马路上转悠的流浪狗在叫唤,好在村民们早已习惯了狗叫。

"在奥蒂的屋子里,小姑娘们睡在门口,合盖一条被子,是双胞胎巴拉和克里施娜。我们跨过去,没有吵醒她俩。我们拉开卧室的帘子。我记得,当时我的心跳得很厉害,身子有点发抖。我想,我要看到禁忌的事情了。

"我朝卧室里望去。眼睛适应了黑暗后,我分辨出蚊帐里的两个身影。天气闷热。奥蒂忽然掀起蚊帐,我看到了她雪白的肩膀和后背,还看到一个深色皮肤的身体紧贴着她,两条胳膊搂着她。我猜,那一定是克利斯蒂安,但我并没有立即明白他们是在做爱。

"有好一会儿,我听着他们呼吸的声响,像是在努力,又像是很痛苦,我闻到他们身上的汗味儿。我还记得当时的感觉,我的生殖器变硬了。我看了看奥德海姆,发现他也遇到了同样的麻烦。他支在胳膊肘上,眼睛专注地盯着卧室。他抓起我的手放到他的下腹部,我感到他的生殖器绷紧了。忽然,奥蒂开始呻吟,但没有痛苦,那更像是一种满足的叹息,与此同时,奥德海姆的呼吸更重了,他射出了一种热乎乎的液体。在狼河,我曾经有几次碰到这样的情况,在清晨半梦半醒的时候。有一次,管理宿舍的博格神甫突然闯进来,一把掀开我的床单,把我赶进浴室。后来,等我去忏悔的时候,他严肃地跟我谈了话。他说,年轻的男孩子如果睡醒了,就不该继续挺尸似的躺在床上,他说我应该保持清洁,应该把私处的皮肤拉开好好洗净,不要留下一点儿难闻的气味。

"做爱过后,克利斯蒂安和奥蒂搂在一起睡着了。奥德海姆悄悄地离开了,而我还在卧室门口待了许久,聆听他们平静的呼吸声。

"就在这天晚上,我爱上了奥蒂,并不是像一个男人爱一个女人那样,渴望睡在她身边,感觉她的体温,而是要比这辽阔得多——像夜晚和星辰,像高山和白云,像喷薄的黎明,像山头的野花,像姑娘们沐浴的溪水。

"这是我头一回产生这样的感觉。我没有告诉奥德海姆,我想,他一定会嘲笑我的。

"那晚以后,我们再也没有去过奥蒂和克利斯蒂安的屋子,我们再也没有提起这件事,就像什么也没有发生过一样。"

"在坎波斯,我们要干很多活。清晨,我们去地里锄草,清理石块。我们轮流管理牲口棚、挤奶、打扫。我们要么去乳品厂制作鲜奶酪,要么去地窖里剥玉米。我们总是有事可做。

"我们从日出一直干到中午,男孩、女孩,还有大人,十人到十二人一组。我们干一阵子,然后再相互交换:在户外地里干一会儿,再到室内做一做陶器,搞一搞编织,剥一剥玉米,磨一磨面粉。

"下午的时间是用来学习和交谈的。我们彼此交换观点和学到的知识,我们学习讲埃尔门语,那是坎波斯的语言。玛丽居亚出生在这个国家,她教我们学习她的语言中的单词,因为贾迪希望这种语言也成为埃尔门语的一部分。

"我们用 tiriap kamata, awanda, tinakua, tsipekua 表示玉米粥、天空、蜜蜂和生活。

"一开始,我觉得好像在放假,放长假。我觉得有一天,一定会有一个老师把我们带走,把我们统统关进狼河那样的房子里,强迫我们读书、写字、算算术。但是慢慢地,我明白了,在地里干活,做乳品,下午的讨论,画画,写故事,所有这一切都是我们的学校。我明白了,这是一种游戏。我们所有人,从最大的到最小的,全都是学生。同时,我们每个人都在轮流做老师。

"就连我爹爹,一个被锯木厂把手磨得硬硬的,被酒精把心麻醉得硬硬的人,在这里也变得像个孩子一样,什么都得学。这是在他重新出发前的一天晚上,在公社的饭桌上见到我时告诉我的。在这之前,他在村子低处的塔边挖井。太阳烤着他的脸,他衣服破旧,满身尘土,但他已经不再像个逃犯了。他跟我谈他的工作,谈他修理好的犹太人发明的振动泵。他问我:'你幸福吗?'我不知道回答什么好。他告诉我:'如果你犹豫,说明你是幸福的。'他还说:'我不知道是否存在那么一个地方,人可以做回他自己。'当时,我并没有完全明白他的意思。但是,我感到,他离我更近了,即便我们不能再生活在一起。我们已经忘记了从前的时光,我娘的死和逃亡的旅途。第二天,他重新踏上了去北方的路,预备完成他的监狱生涯。我没有再见到他。"

我把拉法埃尔的秘密信笺藏在我存放特帕尔卡特佩河谷所有文件的文件夹里。现在,在我的眼中,这已经成为我生命的一部分,成为我来河谷所寻找的东西的一部分。

过了一段时间,我在朗波里奥的信箱里发现了另一些纸页,用一根细绳子捆扎在一起。在第一页的左上方,拉法埃尔写着他的名字和题目:

贾迪的故事

"是他第一个来到坎波斯,是他创建了我们的公社。没有他,这里的一切都不会存在,也许我们也不会成为我们现在的样子。正因为如此,他成了我们的参事。

"有人告诉了我爹爹,爹爹又告诉了我。贾迪出生在科纳瓦的印第安人家中,加拿大河边。他娘是德内人(那伐鹤人自称德内,他们是印第安人的一支),爹是法国人,这就是他叫做安东尼·马尔丹的原因。在他还小的时候,他爹抛弃了他娘,和另一个女人一起回到法国波尔多生活。安东尼是母亲在亚利桑那州的加罗普保留地养大的。因为他跑得快,母亲叫他贾迪,在德内语里是羚羊的意思。后来,他娘回科纳瓦去了,而他却决定走出去看看世界。他什么都干过,在加利福尼亚种过柑橘,在亚利桑那采过铀矿。这期间,他大吃大喝,和女人同居,他娘觉得他太不检点,同他断绝了关系。

"他十八岁那年,美国正在和日本打仗,贾迪加入了海军陆战队。他在太平洋上打仗,所有岛屿都去过,关岛,威克岛,冲绳岛。后来,他在广岛的一个荒岛上一藏就是几个月,连战争结束了也不知道。

"他发了疯。军队把他关进了军人医院,和遭受战争残害的其他人关在一起。在那里,有人失去了胳膊、腿,有人像贾迪一样丧失了理智。每天晚上,他都会看见他杀死的敌人、岩洞里烧焦的尸体、海鸟在沙滩上啄食过的男男女女的尸体。在日本,两架美军飞机投下炸弹,城里死了成千上万人,男人、女人、孩子。还有一些人因为熏了炸弹里的毒气,也慢慢死去了。听到这些的时候,贾迪哭了。医生给他一些药,让他睡觉。贾迪明白,他要死了。他扔掉药丸,从医院里逃出来,躲进山里,躲到只有大自然和野兽的地方。我听爹爹说,在北方,在加拿大边境线上,公园辽阔无比,你可以走上几天碰不见一个人。贾迪在山里住了整整一年。他在岩洞里睡觉,挖陷阱捉野兔,日夜不停地举着长矛追鹿,直到鹿跑不动了,一头倒下去等死。在山里生活了一年之后,贾迪有了新的信念。有一天,他梦见上帝对他说:现在,你可以回家了。于是,他走上了返回科纳瓦的路。他在那里结了婚,在一家保险公司工作。他有了孩子,过上了平静的生活。他在乡下盖了房子,在那儿养蜂,他妻子把蜂蜜卖给商店。在养蜂的过程中,他学会了和蜜蜂说话。他还学了天文学、数学,以及所有他在这里教给我们的关于生活和宇宙的知识。可是后来,不幸降临了,他妻子死于一场车祸。于是,他告别了自己的家庭。他说有一天还会再回来;他说死前还有一些任务要完成;他说他在世界上还有其他孩子,他得照顾他们。大家都以为他又疯了。可最后,他还是出发了,他一直向南方走,到这里停下了,因为他喜欢这地方,他能租下一大块地建一个村庄。就这样,他创建了坎波斯,收留迷路的人。不过,他说,有一天,他还会回到科纳瓦,回到他妻子埋葬的地方。他说他要回到那里去死。好了,这就是安东尼·马尔丹,我们的参事的故事。现在,我们都知道,离开的日子近了。我们不知道可以做什么。或许我们应该走,我们也一样,每个人都应该回到来时的地方。

"参事告诉我们,没有任何东西会永恒不变。只有星星永远还是那些星星。我们应该做好出发的准备。坎波斯不属于我们,它不属于任何人。他还告诉我们:'有一天,你们会打开大门,出发上路的。'

"一开始,我无法理解。我觉得他是我们的主人。有一天,我喊他'主人',就像在狼河喊神甫们一样。他生气地望着我,我从来没在他脸上见到过那样的表情。他告诫我说:'永远别再喊我主人。'"

"参事拎上一口旧锅,一只木槌,把我领到村子高处有蜂窝的地方。他爬上一块岩石,开始用木槌敲锅,并且慢慢地原地转圈。

"这时候,我看到了一副从未见过的景象,一件令我难以置信的事情:蜜蜂从四面八方飞过来,像一股股黑河从高山上奔泻而下。蜂群围着贾迪盘旋。他仍然慢慢地敲着。蜜蜂盘旋着,我听见成千上万只翅膀振动的声音,还有那令我战栗的尖锐的嗡嗡声。我望着眼前的景象,一动也不敢动。蜜蜂一阵接一阵地停在他的身上,停在他的肩头、胸口、手上。他继续敲锅,速度更慢了一些,仿佛在引逗蜂群。

终于,蜜蜂把他整个儿包裹住了,他终于不敲了。可是,我听见他从嗓子眼里发出和蜂群一样的嗡嗡声,他在和它们说话。他在嘴里念着'嗡——嗡',他的身体仿佛成了一棵褐皮树,皮肤随着成千上万蜂脚和蜂翅的震颤微微抖动着,他变成了一棵伸展着枝干的树。这时候,他把锅和锤都扔得远远的。蜜蜂爬上他的脸,他的眼皮,他的嘴唇。他静静地站了很久很久,我一动不动地盯着他。后来,蜜蜂开始慢慢地飞走,一小群一小群地,轻烟般地飘散了。等到最后一群蜜蜂飞走以后,贾迪从岩石上跳了下来。我当时一定是目瞪口呆,因为他居然还望着我笑。这时,他给我看了他的秘密:他在衬衣口袋里藏了一只蜂王。然后我们就一起回村子去了。从那以后,我明白了,不能相信自己的眼睛;而且,世界上根本不存在什么'主人',即便对于蜜蜂而言。"

"他是我们的参事,但他从来不教授我们知识。他不想用语言给我们指路。他希望我们自己去悟,比如领悟生活。

"是他教会我们仰望星空。没有云的夜晚,他让我们和他一起看星星。"

"我第一次仰望星空,是我刚刚来到坎波斯的时候。天很冷,风把天空扫得一干二净,天上没有月亮。在这里,我们不做任何计划,不像城里人,夜晚娱乐,第二天工作。在坎波斯,只要天空明净,大家就都知道,晚上有好事做了。我们会互相通知:今晚,要看星星。

"爹爹走在我身边,但是拉着我的是贾迪。我们来到村子高处的水池边。我们来到广场上的公社前面。微光中,我看见所有的孩子已经在地上坐好了,有些和爹娘在一起。

"一开始,还可以听见人声:欢笑声和说话声。后来,渐渐地,随着夜幕降临,周围安静下来。所有灯火都熄灭了。没有光,只有城市上空还悬着一大团淡红色的斑点。

"天很冷,因为天地之间空空荡荡。我可以听得见最细微的声响:棉花树上的蝉歌,汩汩的溪流,还有风声,呼吸声。爹爹和贾迪都坐下来。我就地躺下,仰面朝天。没有人说话。不时传出的喃喃声,那是一个孩子在提问,但那更像是一支短促的歌,戛然而止。我知道,那是我第一次仰望星空。记得在狼河的时候,夏天里,我也曾和其他男孩一起躺在草地上看流星。但是,爹爹没有跟我谈过星星。坎波斯的那一夜之前,我从来没有真正地仰望星空。我躺在地上,眼睛睁得大大的,畅饮着水一样的夜色。

"贾迪为我们解说星空。他说,我们身上的皮肤就像照相机的胶片,如果我们能够长时间保持不动,星空就会印在我们的身体和脸颊上,并且永远不会消失。他说,从前,古人曾经在脸上描画星座图,男孩子在手腕上刺下昴星团,也就是北斗七星。

"他告诉我们,那是天上最重要的七颗星。于是,每年十二月,我们都要熬夜看它们升过天顶,再向西方落下。

"第一次看到北斗七星时,我很骄傲,因为我能看到全部七颗亮点,而参事告诉我,很少有人能看到第七颗星,这就是阿拉伯人把它称作'考验'的原因。他还告诉了我其他星星的名字:'最亮的那颗,左上方的,叫阿特拉斯,是父亲。其他几颗都是他的女儿:亚克安娜、斯泰罗普、斯丽诺、伊莱克特拉、迈亚和墨罗佩。不过,你看不见伊莱克特拉,得用望远镜才行。'我在天空中搜寻了很久,想象着自己看见了伊莱克特拉。最后,我开始头晕眼花。贾迪安慰我说:'我也一样,在你这个年纪,我也可以看见所有的星星。可是现在,我的眼睛里有了浮云,要费很大力气才能分辨出天上的亮斑,就算这样,还得用眼角瞥着看。'

"没有人这样跟我谈过天空。现在,每当天空晴朗、没有月亮的日子,我都会迫不及待地躺在地上,等待着遨游星空。

"天空一直在动,每天晚上都不一样。我们观察着星星的运动。在长长的银河边,北方有一个窝洞,洞的一边是北极星,另一边是大陵五①、豺狼座。一家七个女儿沿着蛇形星座向上升,经过毕宿五,张起三角帆,乘着小筏子沿银河向前漂。九月的雨后,我们盼望着流星的出现。那只'大风筝'缓缓地越过银河,借着北风起程。

"我还想知道更多的事情。我期待着能看星星的夜晚。我总是去找贾迪,问他'今晚行吗?'他笑我性子太急:'对我们来说,天空和大地一样重要,但它并不比大地更重要。'他也许觉得,我会因为仰望天空而变得孤僻离群,失去同现实世界的一切联系。对于所有在大地上生活的——

---

① 位于英仙座。

不仅是在大地上生活,对于所有生命来说——天空是一种补偿。贾迪发现,我和坎波斯的其他居民,和我同龄的男孩很少来往。我不再和奥德海姆说话。偷看女孩子洗澡啦,对参事称为'棉玉米'的雅琪(因为她头发的颜色)念念不忘啦,所有这些在我看来,都是幼稚的,没用的。

"贾迪看见我清晨扛着锹下地种玉米、挖石块。我总是去最高的地方,远离人群。我把自己封闭起来,单独吃饭,在离山冈不远的一块石头上自顾自地啃我的面包。有一天,当我从他面前经过时,他叫住了我。他掀起我的衬衫袖子,发现了我手腕上用烧红的钉子刺下的七星图,他冲我吼道:'你不能把我跟你讲的故事当成现实,那是另一个时代、另一个民族的事。'他用黏土做了一块饼敷在我的烫伤处,但是印记没有消失。

"这是我惟一一次看到贾迪发火。那以后,他再也不愿跟我谈星星了。晴朗的夜晚,所有人都去仰望星空的时候,他缩进了村子高处的屋子里。奥蒂替代了他的位置。

"为了惩罚我,后来的日子里,他给我分配了特别累人的工作:用大砍刀清理路面和广场,在溪水里清洗厨具。于是,每天晚上,不等星星出来,我就已经睡着了。

"有一天,他向我解释说:'你在用虚荣认识天空,而你却并不认识你自己。你可以看到昴星团的七颗星,你把它们印在手腕上。可是你知道吗?只要借助一副简易眼镜,你就能看到四百多颗星,借助一架望远镜,你就能看到成千上万的星星!在你看来,星星像是一家人,可是你知道吗?它们彼此之间的距离有几百光年!如果你的寿命可以超过人的一生,比如活得像一棵树那么久,你就会看到它们彼此分开,更换位置,甚至改头换面!你需要的不是知识,恰恰相反,是遗忘。'

"又有一回,贾迪嘲笑我说:'你还是个孩子,拉法埃尔。你观察天空的时候,总是在寻找星星,却没有看见黑夜。'我不懂,他解释说:'就算你用望远镜看到成千上万的星星,天上最辽阔,最真实的,却是黑暗,是虚空。'

"可是,不久以后,贾迪带给我一张大纸,一张我从没见过的大纸,又软又轻,透明得能看见纸里的纤维。小纸张被一页一页缝在一起,缝成一整张大白席子。他把纸铺在地上,用石块压住,以免被风吹走。纸上用铅笔标记着一些黑点,中间用直线或弧线连在一起。有的地方,我还看见一些不认识的文字。他对我说:'这就是我们头顶上坎波斯从年初到年末的星空图。'贾迪递给我一只木工铅笔,说道:'很久以前,我刚刚来到这里时,就开始绘制这张图。现在,我的眼睛不好使了,我请你接着画下去。'我指着星座旁边奇怪的字体说:'我不明白这是什么意思。'贾迪微笑了,他说:'这是埃尔门语,星星的文字。我会教你的。'

"就这样,我成了天空绘制员。

"我为你写下我们语言的名字:

ȣΩዞȣꓯ

"关于这个,我以后再跟你详说。现在,我想跟你说说

我们的花园

"当安东尼·马尔丹,我们的参事刚刚在坎波斯住下的时候,这里只有一座石子山和覆盖着荆棘、杂草的大片荒地,那里从前是耶稣会会士的玉米地,还有一些大树:番石榴树,芒果树,石榴树,番木瓜树,当时都已经成了野树。贾迪对植物、草药和香料一无所知。他曾经对我说:'我生来就是打猎的,只晓得沙漠和羚羊奔跑的草原。我生来就不懂什么树根、树皮、花花草草。我们的民族相信人是不死的。'

"山里有个名叫玛丽居亚的印第安女子和一个原名吉卜森·桑格雷、外号叫做桑戈尔的海地男人,是他们创建了我们的花园。桑戈尔来到这里之前,是河谷红十字诊所的大夫,他本来是被派往其他国家的,但他更愿意留在这里。他和玛丽居亚一起在坎波斯住下了。是他们给我们带来了各种治病的植物。

"他们选择了村子低处的一个土坡,就在观察塔旁边。他们用马粪做土壤,在低地上种植蔬菜,什么菜豆啦,西红柿啦。在田地中央,他们种的是草药和香料作物,百里香、茴香、鼠尾草属植物、柠檬香味植物等等。高地上,在教堂废墟的围墙边,他们种植的是稀有品种,比如甘薯属植物、洋地黄和含羞草。在废墟的向阴面,他们种上了喜阴植物,比如薄荷、龙胆、曼陀罗,染色植物,兰花,可以出售的卡特来兰。再远一些,他们在石头上栽种治疗眼病的山萝卜、苦菠菜、对付发热的克里奥尔奎宁。桑戈尔了解能治蛇咬蝎蜇的植物愈疮木、治疗风湿的还生树、泡澡用的白花藤、止痒的可可母、用于小儿退烧的芫荽、催泻的罗望子。玛丽居亚知道另一些草药,婆婆纳、臭山扁豆、罗勒、愈合伤口的加拉巴士木、金黄的人参、阻断牙痛神经的椰子纤维、止胃痛的番木瓜、治虫咬的胭脂树,还有做爱前可以做香薰的广藿香叶。"

"是玛丽居亚给我们带来了努里特①。我跟你提到过这种植物。桑戈尔称之为'仙女'。因为这种植物能给人提神,使人充满活力。贾迪和桑戈尔来到坎波斯之后,才第一次尝到它。是玛丽居亚教他们认识了努里特,它是印第安山民的秘密。这是一种墨绿色的叶子,有点呈锯齿形,长在峡谷中人迹罕至的地方。

"努里特是野生的,无法种植。它自由生长,无拘无束。如果你试图移栽,它必死无疑。每星期,村里的印第安年轻人都会进山去采摘。玛丽居亚和桑戈尔住在坎波斯的时候,她把那些秘密的地方告诉了小伙子和姑娘们,在采石场和塔雷夸多那边一座名叫蜂鸟山的山脚下。他们喜欢在冬季的雨后进山去,那时,植物的枝叶都长全了,又漂亮又壮实。我和他们一起去过。

---

① 努里特,学名:Clinopodium laevigatum(转引地理学家注)。

"我们先坐汽车去洛斯雷耶斯,在一个大拐弯处下车,那里可以望见松林上方旦希塔罗山积雪皑皑的山峰。我们得走上整整半天。正午时,我们把营地安扎在蜂鸟山山脚的松树底下,不能生火,免得引人注意。那是一个危险地区,印第安村民告诫过我们,毒犯经常在山里活动。

"日出时,我们分头向峡谷里进发,努力采摘树叶,尽量把背包塞得满满的。我们向山里走得很深。我们已经认识了所有道路,所有飞鸟:山鹑、蓝松鸦、鹰和秃鹫。我们要采摘整整一天。晚上睡觉时,我们要紧紧地依偎在一起抵御寒冷。每晚,我们都能听到猫头鹰的叫声,很吓人。不过,我们从没见过蜂鸟,只看到过落在松树上的黑黄相间的大蝴蝶。

"有一次,我们听见了毒品犯的声音,是蓝松鸦给我们报的警。我们躲在灌木丛里,一动不动。他们就从我们面前经过。我看见他们带着枪,还有绳子捆的包,里面装的是可卡因。他们从热地过来,要把毒品带进河谷和更远的地方,瓜达拉哈拉,墨西哥。玛丽居亚说,他们见人就杀,还强奸妇女。我们害怕或者疲劳了,就用努里特的叶子编成花环戴在头上,这样似乎能够感觉到仙女在保护我们。

"回到坎波斯,便是欢庆。大家都在等我们。玛丽居亚做了努里特茶,里面掺了玉米粉,那味道又甜又苦,就像它所生长的高山一样刺激。我们喝过后,躺在小屋的阴影里,一觉睡到晚上。"

"拉法埃尔又做了一个补充,加页上写着:又及

埃 尔 门 语

"起初,我们的语言并不存在。它是随着新来者的出现逐渐形成的。所有来到坎波斯的人都是走投无路的人,他们实在是无处可去了。就连艾弗兰也知道,躲在这里,警察是找不到的。只有桑戈尔和玛丽居亚是在贾迪之前来到这里的。一开始,每个人都说自己的语言,西班牙语,英语或者法语。奇怪的是,自从来到坎波斯以后,大家都学会了别人的语言,却忘记了自己的语言。就这样,埃尔门语诞生了。我不知道这个名字是谁叫出来的。有人告诉我说,从前,耶稣会会士生活在这里的时候,有一个坎波斯居民称这里为阿尔芒或阿勒芒,在他的语言里意思是石头,因为这里只有石头。后来,这个名字流传了下来。

"在埃尔门语里,大家想怎么说就怎么说,可以随意改造词语,也可以借用别人的语言。这种语言的独特之处在于它不仅可以说,还能唱,能喊,能用来做语音游戏。有时候,你只是想做出一些声音来笑,来模仿。你可以改变词语的顺序,可以变调,可以在一个词中插入其他词语的一部分,你还可以模拟人声的抑扬顿挫,自然界的风雨雷电,鸟啼虫鸣,狗在夜晚的歌唱声。有时候,你还可以把语句打乱，把相似的声音混合在一起，或者颠倒单词的成分，这样，其他人就得去猜你的话。这是一种游戏。从坎波斯出来的时候，我们之间都用埃尔门语交流，我们知道其他人听不懂。在河谷里，听见我们说话的人都以为我们是疯子。有一次，我和奥德海姆一起去集市，有人拦住我们，对我们说：'我还是婴儿的时候也是像你们这样说话的。'

"这就是坎波斯的语言。"

迷 途 者

"这是艾弗兰·科尔沃刚到坎波斯时,贾迪对他的称呼。我从来没有真正明白过贾迪为什么要这样叫,或许是因为他曾经喜欢的一本书《被疏远的那个人》①的缘故。艾弗兰来到这里的时候,天狼星(猎户座)还躲在太阳后面,每次下雨前,天气都会热上加热。因此我想,艾弗兰应当是个猎人。

"他是个没吃没喝、精疲力竭的逃亡者。顾问收留了他,并且告诉他,他可以在这里养好精神再上路。他从巴西来,徒步穿过沼泽和森林,没有证件,没有盘缠,风餐露宿。他又高又瘦,皮肤被太阳晒得黑黝黝的,浑身上下衣服破破烂烂。贾迪送给他一些干净衣服和几双凉鞋。他不会说我们的话,只能说混着英语和西班牙语的葡萄牙语。他在坎波斯住下了,好像永远不会再离开一样。

"一开始,我很爱跟他聊天。他让我想起了爹爹带着我南逃的日子。他说,森林里的印第安人留他在一条叫做邱库纳克的河上住了几个月。他找过金子和宝藏②,也在

---

① 原文为英语。
② 原文为西班牙语。

锯木厂里干过活,和我爹一样。他捕过美洲豹,贩卖过豹皮。跟我们闲聊时,他总是一边说,一边做动作模仿,结束时,他总会说同样的几个词,半葡萄牙语,半西班牙语:a barcosh, a caballosh,意思是他逃了出来。警察捉拿他,他却觉得没有道理。他说,他们居然悬赏一千美金要他的项上人头。

"我们都很喜欢听他说话。他教我们学会了吸烟,尽管顾问对这件事不太高兴。他有一把刀,他教会我们向树上掷飞刀。他嘲笑我们去公社接受教育。他常常吹嘘一些稀奇古怪的事情。离开坎波斯前,他举办了一场庆祝会。他买了一整头牛,从头烤到尾。他不信仰素食主义。

"他也谈论姑娘们。他想知道她们当中哪些是自由人,想知道我们是否有未婚妻。他瞧不起奥德海姆对雅琪的态度。他说,她早就准备好了,奥德海姆应该去照顾她。而我,我不喜欢他观察奥蒂的方式。每当她经过时,他的眼睛总盯着她看,嘴里还吹着口哨,但他从来不对她做任何评论。

"为了留在坎波斯,他也去地里干点活,用大砍刀割草。不过很显然,他不喜欢干活。没人看管的时候,他就待在高地的树阴下抽烟,什么事也不做。而我们,由于我们年轻,夜幕降临前还要去找他,听他讲故事,听他唱歌。

"有时候,他会向谢丽娅克借吉他,弹一些抒情的曲子,唱他们国家的歌。他让我们憧憬着旅行。就在那段时间,他遇到了阿达拉。她来到坎波斯,而我们却对她一无所知,只知道她生病了。她面色苍白,满脸疲惫,她也是个迷途者,但是和艾弗兰不一样。她想死。她被父母关进诊所,又从那儿逃了出来。她的头发是很淡很淡的黄,眼睛蓝得几乎透明。没有人知道她的名字,只有参事和奥蒂看到过她的证件。他们给她取名为阿达拉,因为她的样子像个处女。奥蒂亲自保护她,她睡在奥蒂家里,从不离开奥蒂。

"后来,她开始和艾弗兰说话,也许是因为听了他的故事,他的歌。他让她发笑。她成了他的朋友。夜里,她去他和其他小伙子合住的屋子同他见面。奥德海姆告诉我,他们一起到田野上面的山里去,在星空下过夜。

"参事不知道这件事。我们也不说,因为我们觉得这不是什么大不了的事。阿达拉是个多情女子,她又开始了新的生活。奥蒂试图劝告她,告诉她那个巴西人不适合她,他终有一天会离开,会弃她而去。奥蒂不信任他。但阿达拉不听劝说。有一天,她生气了,她住到了艾弗兰的屋子里。就是这样。当时,我已经猜到会有危险。我明白艾弗兰来到这里并非偶然,他决定住在我们中间,决心要影响我们,改变我们。我想把这些告诉贾迪,我提到了猎户座的天狼星,但贾迪却对我说:'星星同人间毫不相干。如果我们不能接受这个人,把他变成我们的兄弟,那我们的公社就一钱不值了。'"

奥　　蒂

"我跟你说过,那天晚上,奥德海姆把我拉到村子高处去看奥蒂和克利斯蒂安做爱,听他们的呼吸,闻他们的汗味儿。

"从那以后,我一直梦到她。那是在夏初时分,天空中的琴鸟张开双翅,清晰可见,织女星升到天顶,它的左边是牛郎星,鸟的亮眼睛。我帮贾迪画出了向南流淌的银河,还有天蝎座的钩子,嵌在它白色的身体里。甲壳下面闪烁着一颗粉色的星星,希腊人称作'大火'[①],阿拉伯人称作Kalb,指心脏。我之所以要跟你说当时天上的星星,是因为我的欲望就是从它们当中产生的。

"在玉米地里干活的时候,我盯着奥蒂看。她穿着白裙子,为了防晒,还披了一条印第安女子的蓝披巾,同她黑色的头发披散在一起。第一次看见她的时候,以为她很高。靠近她之后,我才发现,她比我矮。她又纤细又柔软,行动时就像飘在大地上。

"她用她母亲的语言跟我说话(这是我们使用埃尔门

[①] 天蝎座 α 星。

语时的规定)。那是一种奇怪的语言,发音比较软,有 r,l 这样的音,长音节比较多,句末停顿处有嘘音,我模仿不好。后来,她又改用法语跟我聊:'你从北方来,加拿大,一个冬天见不到阳光的国家。'她没有向我提问,只说她来自太平洋上一个叫做拉亚特阿的岛屿,做军人的爹爹把她带到加利福尼亚,她在当地一家发廊工作。她把手伸进我剪得短短的头发,笑了起来:'你的脑袋滚圆滚圆的,就像一只小鸡。'这正是贾迪给我起的绰号,我好像已经在信里提过,就是我在手腕上刺北斗七星那一段。奥蒂的眼睛是绿色的,我于是想象着她出生的那座岛屿边大海的颜色。我第一眼就爱上了她,要爱她一辈子。她或许知道。对她来说,爱不是独占,不是悲剧。她说爱是人每天都要经历的,它会改变,会转移,会回归。她说一个人可以同时爱着几个人,爱着一个男人,一个女人,甚至一只动物或一株植物。她说爱很简单,有时候没有结果,爱是现实的,也是虚幻的,是甜蜜的,也是痛苦的。第一次在村子高处跟我说话的时候,她问我:'你知道秘密是不存在的吗?'我当然大吃一惊,她又重复道:'你应该清楚,世界上根本没有什么秘密。'我很难理解,因为我一直相信,恰恰相反,世界上充满了秘密。你可以听见一个词,一句话,而与此同时,成千上万的语句被隐藏了起来。我一直相信,人类使用语言,主要是用来说谎的。

"是她帮我敞开了心扉。于是,我告诉她,有一天晚上,我怎样在屋子里看她和克利斯蒂安做爱。我一边说一边发抖,因为我害怕她再也不跟我说话了。她没有笑,也没有生气,只是问我,我当时是不是一个人。我说不是,但我没有提到奥德海姆。无论如何,也许她知道真相呢。

"克利斯蒂安和她不同。他来自墨西哥城,是自治大学的学生。他抛弃一切,只为了和奥蒂生活在一起。

"克利斯蒂安嫉妒了。知道我去村子高处见了奥蒂以后,他跟我说话总是硬邦邦的,还对我推推搡搡。但这只能令奥蒂发笑,她笑一个大男人会嫉妒一个十五岁的男孩。她就是这样对他说的,但他只是更加抑郁了。

"巴西人艾弗兰的到来改变了一切。他常常离开坎波斯,他说是去集市,或者是去见非见不可的朋友,但奥蒂知道他去了红灯区,去那儿喝酒,跟姑娘们睡觉。也许她是替阿达拉嫉妒。

"一天晚上,奥蒂一个人在家。克利斯蒂安又和艾弗兰还有别的男孩出门了。他们去加达拉哈拉买材料去了。

"奥蒂把我带到山上。她穿着刺绣白裙子,披着蓝披巾,光着两只脚。奥蒂不喜欢穿鞋,她去哪儿都光着脚,就算走岩石路也一样。她爬来跳去,并不会受伤,也不会被灌木丛刺到。

"我记得那天很热,黑色的岩石还滚烫滚烫的。晴朗的、金黄的天空渐渐染上了夜的蓝。奥蒂拉起我的手,指给我看火山上的落日。'你看,小鸡!'

"她坐在坑里,一个虽然干旱,却仍然生草的地方。这里有股甜蜜而呛人的气味。在她身边坐下后,我闻到了她身上的味道,我开始发抖。我害怕她看见我发抖,只好把手坐在身子底下。她笑我:'你害怕了?我有那么可怕吗?'

我不敢向她承认,我发抖是因为我爱上了她。她跟我说到克利斯蒂安,她说他太野蛮,他受了艾弗兰的影响,艾弗兰是个魔鬼。她也说了一些关于爱情的很温柔的事情。我相信她对克利斯蒂安的评价,但不管她怎么跟我解释,我还是感到气恼。说到嫉妒,她对我说:'你看,情感有时候就是从干草里产生的。'说着,她从身边揪下一把硬草。干草么?只能喂牛喂马。我不太明白她的话。

"我记得,那是很甜蜜的时光。空气干爽,火山上的云朵现出又鲜艳又强烈的色彩。那是紫色的时刻。那是我头一次看到这种颜色,塞满了眼睛,闯进我们的身体。奥蒂就是带我来看这颜色的。我看着看着,一动也不敢动。奥蒂把手放在我的头发上,脸颊上。'你的胡须很软,你真是一个"皮皮须"!'(她说的是埃尔门语的小鸡,换成任何另外一个人来说,我肯定会生气的。)我弯下腰,把头靠在她的胯上,她继续用指尖抚摩着我,轻轻地,轻轻地。我感觉到她的体温,她的体温与黑色岩石的温度混在一起,与天空中紫色的光线混在一起。我忽然不再发抖了。我们紧紧地靠在一起,直到夜幕降临。

"我贴近她的脸,闭上眼,任由她呼吸的热气引导着。黑暗中,我用手'看'她的身体,她的胸脯,她的肚子。她引导着我的生殖器,教我做爱,慢慢地。她躺在干草和石子上,我跪在她面前,慢慢地,头向后仰,好看到夜空,好沉浸在火山上升起的月亮的微光之中。然后,我加快了速度,一边喘息,一边呼吸着她的气息,嘴里塞满了她的头发,我望着她明亮的眼睛,想要一直望到她的心里去。

"做爱结束后,我们下山返回坎波斯。月亮遮蔽了星光。远处,河谷灯火通明,仿佛群星璀璨的夜空。我望见铁路沿线的黄色灯光,公路上由汽车连成的红绶带,还有悬浮在银行和保险大楼上方的乳白色的光圈。路很暗,但奥蒂走得很快,我在岩石间摇摇晃晃,很吃力地跟着她。到了坎波斯,一切都睡着了。只有贾迪的灯还亮着,他还在观察塔里工作。

"回家前,奥蒂把手放在我的嘴唇上说:'你应该离开,拉法埃尔。你应该出去见识见识。'

"我再也没有和她去过山里。那天以后,奥蒂再也没有独处过,她要么在地里干活,要么带孩子。有时候,我看见她和克利斯蒂安经过。她向我微笑,但一句话也不跟我说。

"起先,我感到很痛苦,好像遭到了背叛。我无法理解。看到奥蒂的时候,哪怕是远远地看到,我的心都跳得厉害。我从没跟任何人提起过这些,你是我第一个倾诉的人。奥蒂给我看了嫉妒草,就是它,卡在我的心里,我的嗓子里。

"十六岁那年,我离开了坎波斯,出去闯世界。我终于把嫉妒草吐了出来,心里只剩下对奥蒂的爱。

"就在那时,我遇到了你,达尼埃尔老兄。"

我也拿出笔记本,本来想写写去特帕尔卡特佩河谷的路线计划。结果,我没干成正事,倒是写下了:

潟湖的莉莉

逃出这片自私而冷酷的河谷,这座由冷冻厂厂主和草莓大王统治着的权力与金钱之城以后,你去了哪里?那些做了政客、医生、公证人、显贵、法律或宗教人士的庄园主后裔,是他们吞噬了你。每天每夜,他们都在吞食你的贫穷,啃啮你的心,啜饮你的血,你的呼吸。这就是几个世纪以来,他们对山里的姑娘们,对市郊的孩子们所做的,不知疲倦,不知改悔。他们永远不知满足,他们总是需要鲜血和鲜肉。

而我,我也和他们一样,尽管我只是在梦里这么做。我也加入了他们的行列,尽管没有肆意地大笑,没有喝着酒号啕放歌,却也在脑中幻想着来到你的身边,潜入你生活的私密区。不是在旅馆房间,而是在阿特拉斯花园,在那四周是绿色墙面的肮脏卧室里,躲在那条被无数次掀开过的帘子后面。绕在两枚锈钉子上的铁丝钩起的那块帘子,回回被种鹰嘴豆和洋葱的农民掀起,已经浸满了他们的味道。你坐在床上等待着,抽着烟,喝着酒。从你的嘴唇上,我嗅到了酒精混合你皮肤的味道,那是你用的迪亚尔香皂的味道。我感到困惑,因为那仿佛是一个婴儿的味道。

你的身体，我梦想着的，现在太晚了，现在你已消失。你那曲线不明的身体，还带着点婴儿肥，却已经被看，被摸，被了解，被用旧了。你的皮肤，你皮肤的颜色，你肩上、臀上光滑的淡淡的痣，你如穷孩子般突出的诱人的肚脐如同你身体中心的一只眼睛，你肚脐下微微隆起的柔软的小腹，还有上面的记号：疤痕，皱褶。然而，没有任何东西能揭示你生命中的故事，你父亲的暴力，男人们的侵犯、亵渎，你的疾病，还有那个被你称为祖母的人逼你去做的流产。异常苦涩的根源掏空了你的腹，在你的身体上挖出一个洞，差点让你死掉。你的手，不是姑娘的修长优雅的手，而是一双劳动妇女的手，由于用臼柄在熔岩上轧玉米变得又粗又硬，你的手每天早晨都要用来拍面团，做蓝玉米饼。你的腰弯在炉膛上，背又黑又宽，仿佛迭戈·里维拉①的油画。你的脊柱凹陷，你颈上的植发一直垂到腰际，你的两臀上是红云似的印记，告诉别人你是印第安人，永远是印第安人，而且在你之后，你的子孙也是，如果上帝肯赐予你孩子的话。这标记正是你想要隐藏的，你让人刺下了众所皆知的兔子文身，圣地亚戈和加尔西·拉扎罗对此嘲笑不已。

我想，我从来没有恨一个人恨到像那个外号叫恶鬼的伊邦一样（这个颇具文学意味的绰号，我怀疑是公证人特里戈的作品）。那个权杆、狱卒、行刑者，他控制着整个红灯区。我恨他，虽然除了阿里亚娜给我看的那张由加尔西

---

① 迭戈·里维拉（1886—1957），墨西哥壁画家，以大型壁画和墨西哥民俗画著称。

保存的阿特拉斯花园的照片之外，我从未与此人谋面。伊邦，那家伙把牛仔帽卡在后脑勺上，长着乡下暴发户的肥脸，鬈发被汗粘在额头上，小眼睛，大鼻子，笑容里透出征服者的自信。

我特别注意到他的手，一只又黑又大的手，香肠似的指头肥短肥短的，食指上戴着一枚假玛瑙戒指。这只手搂着莉莉的胳膊，把她掌控在自己手中。他的左臂抱住莉莉胸部以下的腹部，手里还抓着一块表，我猜是金的，表面的反光使我无法看出时间。他抓住了她，她无路可逃。

她略略向后缩着，坐在一把塑料椅的边缘上。她的身体仿佛是一件祭品，一头献祭的牲畜。她的小腹，她的大腿，她的可笑的银色塑料裙，短得可以看到内裤。她的上半身紧紧地裹在一件开襟短背心里，胸部线条很柔和。她的两只手交叉在一侧，支在桌沿上，两脚踏在椅子的低杠上，凉鞋的鞋跟扣住杠子，免得让身体从椅子上滑下来。

我感到可疑的是她的脸。她的脸从黑暗中浮现出来，有点恍惚，她那漂亮的细长的眼睛望着别处，没有目标，穿透一切真实的存在。她的玛瑙似的眼睛，她的被黑色刘海遮住的弯弯的眉毛。我认得这张脸，这目光。这是我在潟湖边遇见的，并与之交谈的那个莉莉亚娜的脸。可是，在奥朗蒂诺，她变成了另一个人。她不再是个布娃娃，而是一个自由的女青年，计划好了自己的人生，准备与过去决裂。我坚信她会成功，她会摆脱从前的一切。而现在，我把她弄丢了，我脑中萦绕的总是那张女囚的脸，似乎只要不住地盯着这张照片看，我就能走进她的故事，重新找到她的踪影。

在红灯区的石板路上,我像醉汉一样游荡着。雨已经停了好几个星期,路上的泥坑却没有干。这里惟一的新来者,是那漫过砖墙,泻下淡紫色、粉红色和鲜红色苞片的九重葛。就在寒冬准备返回之前,春早早地绽放了。黄昏是辉煌的。太阳坚持在天空中燃烧至最后一秒,把它的金星抹在石头上,草叶上,玻璃的碎片上。围墙的裂缝里,蓝色和红色的大蜥蜴一直仰颈向天,张着嘴,露出颤动的喉咙。然后,太阳沉到阿里约那边,落进坎波斯的秃山后面,夜幕一下子降临了。我看见火山悬浮在河谷的薄雾上方:库阿特火山、巴坦班火山、旦希塔罗火山,山顶仍然被日光照亮着。又过了一会儿,山顶也不见了。

潟湖的水面上,田野里,公路上,音响横绝,万籁俱寂。接着,电灯亮了,几乎就在同时,通向花园的石板路边的街灯也亮了。蚊子蜂拥而出,仿佛有人突然解开了许多黑色的大包。天空中,蝙蝠在盘旋。临近的马路上,汽车和小卡车在坑坑洼洼的路面上颠簸,车灯穿透飞扬的尘土射出来。

阿特拉斯花园里,像每天晚上一样,姑娘们全体都在:夏蓓拉,贝蒂,蕾迪,劳拉,塞丽,米娜,夏塔。我走进花园时,她们发出低低的冷笑声,脸上露出嘲讽的表情。唐·圣地亚戈跟我打了个招呼。他还是那么阴郁,那么冷漠。岗亭里,他扛着步枪守在靠墙的岗位上。圣地亚戈确实是克里斯特罗革命者在营房枪杀联盟军时代的幸存者,那些人见什么杀什么,连院子里的狗和母鸡也没有放过。当然,圣地亚戈当时还太小,不能参与枪杀,但我猜想,他母亲肯定领他到窗边,让他看运尸体去野外的骡车,在那里,尸体将会被扔进填了生石灰的壕沟。

姑娘们一溜排靠墙坐着,她们在走廊下等待着,有些站着,还有一些坐在塑料椅上。她们偶尔说两句话,抽着烟,喝着细颈瓶装的啤酒。她们样子很丑,眼睛被睫毛膏涂得乌黑,嘴巴被口红描得奇大,那是草莓的颜色,鲜血的颜色。她们穿着过时的衣裳:袒胸露背的黑裙子,透明长袖衬衫,紫色、粉色、黑色的支架沉重的胸罩,腰上束着金色的腰带,身上挂满各色假珠宝:十字吊坠、耳环、项链。有个姑娘上身穿着比基尼,带子系在颈后;另一个上身穿着黑色长袖衬衫,下身没穿裙子,两腿并在一起,好遮住内裤;还有个姑娘戴着古怪的蝶形白边太阳镜,像迪斯尼动画中拉帕图兄弟中的一个人戴的那样。

我认识她们,我来找莉莉亚娜的时候曾经见过她们。她们或许拥有帮我解开谜题的钥匙,她们知道我的莉莉的故事。她们知道恶鬼把她带到哪儿去了。也许,她们甚至还嫉妒她,因为恶鬼选择了她,而她们仍然还是无法得到雕琢的璞玉。也许,在她们的想象中,莉莉和他一起去了一个新世界,去了北方某座城市,那里灯红酒绿,一派繁华。

她们一动不动,愣愣地望着前方,眼睛里笼着一层雾障。她们拉下脸,撇着嘴,耷拉着眼皮,脸上挂着苦相。在霓虹灯的灯光中,在眩晕的我的眼中,她们如同一群溺水者。

我喝多了。我想和姑娘们谈谈,可她们嘲笑我,捉弄我。我找了其中一个矮胖的姑娘跳波莱罗舞,她的头发是红色的,又厚又硬。于是,花园里,小油灯中间,一对男女开始不听节奏地、无精打采地转圈。忽然,在走廊尽头,在从前的洗碗池边,我觉得自己似乎看到了莉莉。她坐在昏暗的光线中,旁边是个屠夫般的膀大腰圆的家伙,臃肿的身体上套着一件短袖白衬衫,肚皮处撑得裂开了。姑娘穿着短裙,黑色短上衣,腿上绑着系带凉鞋。我看到她的脚趾闪着粉色糖果的光泽。她看上去顶多十六岁。

我走上前,她抬起头盯着我看了一下。这不是莉莉,但和她很像。她有一张聪明姑娘的忧郁的脸,空洞的目光上方,刘海一直盖到眼睛。在她身旁,我望见那屠夫的脸,他的两只弹子般的小眼睛。他把五短手指放在姑娘的胸脯上,仿佛在摸索她的心脏。姑娘倚在男人身上,但与此同时,她的一只手撑在并拢的膝盖上,正在努力把身体向后缩。我觉得自己从没见过这样自欺欺人、尴尬做作的场景。

我还勉强记得后来发生的事情。我记得自己生气地大喊:"她在哪儿?你们把她带到哪儿去了?"开始,我的舞伴拉着我的手,把我拉到卧室的帘子边,我觉得,她就要给我看莉莉那没有生命的躯体,看她被勒死的发黑的面孔了。卧室里有个我不认识的姑娘。我听见其他人在走廊上笑,我醉汉似的重复着:"骗子,小偷,杀人犯!"我喊着"恶鬼"的名字。我要去找他算账,我要像他打姑娘们一样狠狠地揍他。圣地亚戈就在我旁边,他没有表现出丝毫愤怒,只是抓住我的拳头,把我一直推到大门口。他对我说:这里没有"恶鬼"。这里的主人叫胡安·多明戈。烈酒有时反而让人清醒,我忽然想起朗波里奥研究中心一个人类学家嘴里常常哼的那句老调:这和胡安·多明戈,可不是一回事。我的怒火一下被浇灭了,开始傻笑,像个孩子。

圣地亚戈的声音几近温柔。他在对那个"我"说话:中产阶级子弟,对底层社会一无所知的乖宝宝,从书本里学习生活、有朝一日将要为人师、为人夫,甚至可能成为一名优秀作家的大学生。我应该是那样一个人。

他把我推到路上,推向铁路的方向,灯火的方向。我知道,我再也不会回到阿特拉斯花园了。

几天后,看《旅程》周报时,我知道了伊邦·奥马尔·盖茨曼——也就是恶鬼,被捕的消息,罪名是做淫媒和非法拘禁。那是一个长篇社论,署名为阿尔西比亚德(当地人都知道,这个笔名的背后就是诉讼代理人特里戈,阿尔达贝托·阿朗萨斯阵营的帮凶)。文章呼吁净化河谷风气,关闭"可耻的花园"(社论标题),并号召在全区范围内建立严格的法律。真是个讽刺!

为了远离这些污泥文字,呼吸点新鲜空气,让心里觉得舒服些,我看了拉法埃尔·扎沙里的几页信,里面谈的是他们的节日

"仰望天空"

"我告诉过你,达尼埃尔老兄,我来坎波斯时是如何认识天空,怎样知道星星的名字,懂得星象和朔望月的。后来,又过了一阵子,爹爹回狼河去完成他的监狱生涯的时候,坎波斯度过了'仰望天空'的节日。我喜欢这个节日的西班牙语名称,'mirar el cielo',我想到了天镜。

"经过是这样的。

"到了冬天,圣诞节前后,参事听取了全体村民的意见后,决定节日的时间到了。这时候,昼短夜长,由于光照过强,土地休耕,湖水蓝盈盈的,溪水清亮亮的,漫山遍野开满了蓝色的花儿。

"节日前一天,每个人都得做准备,不是做什么特别的工作,正相反,而是要减慢生活的节奏。如果你要清理一块地,本来需要半天的时间,这时候必须把动作放得慢慢的,傍晚还没干完。孩子们跟桑戈尔一起做数学练习,上午只消做一个小时,下午再继续做。作坊里负责织布的姑娘和小伙子们故意慢慢吞吞地穿梭子。拿着放大镜刻葫芦的,做陶罐的,大家的动作都慢极了,好像在算着时间干活。

"奥蒂学习了猫咪的好榜样(奥蒂特别爱猫,她收留了坎波斯所有的流浪猫,那些猫帮我们消灭了老鼠和蟑螂)。她说,你注意观察一只准备起跳的猫,在达到最快的速度之前,它是世界上最慢的动物。于是,孩子们开始学着猫的样子走路,一只脚停住,头歪向一边,从肩膀上方望回去。

"还有,这一天,大家不吃东西,或者吃得极少。贾迪、桑戈尔和其他成年人甚至几天都不吃东西,但他们不说。参事说,这不是强迫的。他说,我们中间不应该有人觉得自己高人一等,因为没有人掌握了真理。

"爹爹已经走了,带我去参加节日的是贾迪。他重复着我刚来时他曾经告诫过我的话,重要的并不是认识星星,而是认识虚空。

"要认识虚空,必须进入到空间的缓慢中去。他并没有做真正的解释,因为如果他用科学术语来解释的话,也就无异于那些用语言描述静默的人了。

"他只告诉我:'此时此刻,想象你所处的地方,想象你是谁。你不过是一间黑屋子,你的横膈膜向夜的黑暗敞开。你的屋子是一块投入空间的熔岩,这块熔岩被吸进一颗星星周围的圈子里去,星星的吸引力很大,以至于它附近的任何东西都无法从它身边逃逸。这颗星星本身也在以无法计算的速度向虚空中逃逸,它的目的地是我们永远无法知道的,它属于银河系的其他行星所组成的星湖,而银河系也在远离其他星湖,远离其他行星系,每个星系都在以不可知的速度向某个空间点逃逸。行星与行星之间,星系与星系之间的距离非常遥远,哪怕我们观察它们一千年,它们看上去还是一动也不动。想象这一切,再仰望天空。星湖、行星、星云、星团、彗星的彗尾。想象行星及其卫星的运转,金木水火土。想象我刚才跟你所说的一切全部汇集成一束细如发丝的光,从你极微小的瞳孔穿过,进入你的颅腔,你身体的黑屋,进入你短暂的生命时间,短得就和你现在听到的棉树上只用一声鸣叫来揣度世界的蝉的生命一样。

"'想象一下,这一夜竟比你的一生还要长。让你自己被带进另一个世界,像蝉一样去揣度它,用你皮肤上的每一个毛孔,不要仅仅用你眼中的黑屋子,而要用你的整个身体,呼吸它,啜饮它,如果你觉得自己知道什么东西的话,忘掉它。'

"贾迪就是这样跟我说的,在节日的前一天晚上。他最后说:'很久以来,我们的族人都相信,地球是一片被大河包围的高原,大河朝着两个方向流淌,人死后,灵魂会落入河中。他们相信,山是空的,空洞里是泉水。他们说,星星是神明,太阳朝生夜死。他们学会了看时间,他们通过在绳子上打结来推算月食。

"'我们都是他们的孩子。有一天,我们将会懂得今天想也不敢想的事情。我们将会生活在新的法律制度下,我们将会创造出新的科学。脱离了万有引力的世界,无名的粒子,在无氢无氧环境中生存的分子,不含碳的物质;非光的振动,非时间非空间的维度。所有这一切的出现仅仅需要通过比蛛丝还细,比蝶翅更轻的意识之光。我们要么将它们实现,要么就会灭亡。所以,我要告诉你,我已经告诉了你们中的每一个人,今晚,请你们仰望天空,任自己迷失在空间里。'"

"后来,我们熄灭了所有的火光,把自己裹进被子里御寒。我们来到村子的最高点,水池边,因为在那里,我们不再听见任何噪音,除了狗叫声和无休无止的蝉鸣声。这里有两间树叶做顶的大房子,是安排孩子和不能熬夜的人睡觉的,大家管这两间房子叫'天屋'。剩下的人待在原地,眼睛睁得大大的,准备进入空间中去。我第一次就进去了。在我头顶上,一扇巨大的门敞开了,我感到自己滑了进去,不是通过想象,而是通过我的目光,一个动作从我的身体中心发出,我潜入了夜空。这是一种无法言说的体验。我觉得自己好像既在这里,又在那里,很近,又很远。我和其他人同时滑了进去,我们一起做着同一个动作。我不再感到地面的寒冷,不再感到时间的流逝。忽然,我看到星星在移动,它们在靠近黑黢黢的大树,正在靠近山的那一边。我觉得自己只停留了片刻,夜便结束了。黎明前不久,贾迪来了,奥蒂和克利斯蒂安陪在他身边。他们小心地走在横七竖八地躺在地上的人中间。贾迪不时吹一下蛾螺,那是一只粉红色的大贝壳,我在他家里见过。悠长而忧伤的一声响,让我想起我们北美洲的猎人追捕驼鹿时吹响的号角。

"这是夜晚结束的信号。我们一个接一个从地上爬起来,慢慢地往回走。我们觉得好像刚从梦中醒来。太阳升起的时候,我们又见到了'天屋'里的孩子们,和他们一起喝玛丽居亚准备的努里特茶。我们并不觉得累。我们互相打量,我们打量着周围,一切似乎都是新鲜的、明亮的、清晰的。我们的感觉好极了。"

阿尔达贝托·阿朗萨斯

正在为女儿的十五岁生日设宴款待宾客。在距离城市十来公里、离主干道不远的地方，阿朗萨斯向艾斯卡朗特家族的庄园继承人买下了一座黑沙山冈，在那里种鳄梨树。他会时不时地从河谷的办公室里逃出来，享受享受领主的生活。尽管自己发财的时间也不长，唐·阿尔达贝托还是装出一副样子，对草莓种植者们不屑一顾：那些控制着河谷的新暴发户，真是太嚣张了！开着四驱车，请人在胡尔塔斯或梅蒂娅·露娜的地盘里建造很没品味的府邸，周末还要携家人包机去迈阿密购物。

阿朗萨斯自称是克里斯托瓦·德奥利德和努尼奥·古斯曼时代从卡斯蒂利亚来的首批征服者的后裔。在他的家族中，有过剑客，有过法官，但从来没有过一个商人。

在庄园入口的柱廊上，他请人用石膏刻了一块圆雕的家族盾徽，用的是他名字的首字母："A. A."。盾徽上刻的是两头牛拉犁。唐·托马斯说，这是阿朗萨斯在搞花样，目的是追颂他们家族神话般的发家史：一大块领地，有几个阿兰萨达①，两

---

① 西班牙古时地积单位，一阿兰萨达相当于40至50公顷。

头神牛一天就能全部耕完,牛是西班牙国王赏赐给他祖上的。现在,如今这位后代手中的领地当然小多了,不过拿来撑撑脸面,还是足够了。

房子坐落的平台上,视野很开阔,可以越过一排排整齐的鳄梨树,一直望到阿里约河谷。在那边,我能看到村庄里的房子,尽头便是坎波斯秃山的山脚。我感到一种威胁,一种暴力,仿佛平静的河谷上方压过来一团乌云。

"你看到的那边的一切都属于或者有朝一日将属于阿朗萨斯。"唐·托马斯正站在我身边,我没听见他过来的脚步声。"坎波斯也包括在内吗?"我问道。唐·托马斯肯定听说了我跟那个多种族聚居地的人们以及他们的参事安东尼·马尔丹之间的关系。

"坎波斯首当其冲。他想要收回所有地盘,全部种上鳄梨树,或者建立新的小区。他可是个大阔佬儿,来吧,我来给你引见一下。"

庆祝会设在房子前面的花园里。阿朗萨斯正和一小帮朋友在一起,他们中大部分是河谷的显要人物:律师、公证员、市政官员,还有两三个身着便服的神甫。阿朗萨斯的女儿穿着一条薄得透明的十五岁小女孩的裙子,正在她母亲的监视下同别的姑娘说话。稍远处,在她们附近,我认出了那个让人难以形容的梅南德,他穿着一件灰丝无领上装。唐·阿尔达贝托站在吧台边,手里端着酒杯,样子跟我在演讲时看得似清非清的影子一模一样,又瘦又高,古板的深色套装穿起来像个掘墓人或者强盗。花园尽头的藤架下面,一支乐队正在演奏吉他曲,一支忧伤的曲子。虽然阳光还亮晃晃的,餐桌上依然零星地点着大烛台,宾客们正挤在桌前叉烤肉吃。在轻柔的音乐伴奏下,空气中飘着烤肉与烟草、香水混合在一起的味道,使人觉得微微的心痛。

"您见过西里图先生,我们的常驻地理学家,不是吗?"唐·托马斯亲切地挽住阿朗萨斯的胳膊,另一只手拉着我。我们干巴巴地握了个手。"哦,我有天晚上听您谈过我们的河谷。很成功的演讲,祝贺您!"

我微微弯了弯腰,以示谢意,差点没来个普鲁士式的击打鞋跟。"达尼埃尔·西里图是巴黎大学的博士,"唐·托马斯开始为我做介绍,"他是来这里完成任务的,他要做一份热地的剖面图。"

阿朗萨斯礼貌地表示出兴趣:

"做哪一片?"

"特帕尔卡特佩河谷。"

"哦,是吗?"

唐·托马斯尽力鼓足热情,每次谈到热地,他总是这样。

"达尼埃尔准备直线穿越河流两岸,地理学家称之为'剖面'。"

阿朗萨斯居高临下地俯视着我们,那张一本正经的脸既没表现出厌烦,也没透露出好奇。他的女人般的长睫毛下面,一对浅褐色的眼睛骨碌碌直转,高高的额头亮光光的,看上去又谨慎又体面,不过,他狡猾的目光是瞒不住人的。他耐心地聆听着唐·托马斯关于热地——一切美洲文明的发源地的吹嘘。

157

"一切都来自这片土地,农业、冶金业、羽毛业。印第安人是不会放弃大咬鹃和鹦鹉的羽毛的,还有琥珀、香料,他们甚至还创立了天文学,他们的神全部来自热地,他们自称为玄武岩民族,因为他们是从太平洋里的火山熔岩中诞生的。他们的主神叫做左边的蜂鸟,也就是南方的蜂鸟,它象征着巨鸟座,阿拉伯人称为 Al Tahir……"

梅南德踮着脚尖凑过来,聆听唐·托马斯的话语时,他那张长鼻猿似的大脸吐露着爱意。"我们都诞生于热地,"唐·托马斯继续说,"一切都来自于这个地方,美食、艺术、诗歌、音乐。说到音乐,你们知道特帕尔卡特佩、阿帕钦冈和阿基里亚的乐队使用的乐器跟摩尔人用的是一样的吗?用的是小鼓,木鼓,他们让马在木台上跳舞,模仿的正是北非鼓点的节奏呢。这是我们文明的熔炉。就是在这片热地上,诞生了反抗西班牙的民族解放运动,伊达尔戈神甫[①]发出了著名的呼告。这里的人们热情,有生气,有幽默感,不像寒冷地的人骄傲、冷漠、残酷、好斗、专制。"

唐·阿朗萨斯没有做任何评论。他只是将身体微微前倾,两手插在口袋里,好似法官正在倾听一篇逻辑混乱的辩护词。

他心中有数,他不可能不知情——他,河谷惟一的周报《旅程》的所有者。反对托马斯·摩西的政变正在进行中。迫于朗波里奥管理混乱;由于主任一时冲动,听信了革命者

[①] 1810 年墨西哥独立战争领袖米格尔·伊达尔戈神甫发动起义,反抗西班牙的殖民统治,标志墨西哥的独立战争从此开始。1821 年墨西哥取得独立,成立墨西哥联邦共和国。

和恐怖分子(埃克托及其手下),一个印第安酒鬼(胡安·亚居斯)和一个外国间谍(我)的言论,执行委员会成员和朗波里奥的股东一致决定投票通过对托马斯·摩西的不信任案。一份请愿书在人群中传递着,告诉大家托马斯给学校带来的危险,必须尽快选举新主任。达莉娅给我看过这份请愿书,她大怒不已:"垃圾、混蛋、马琳切生的孬种①、无知、政客!"

真是悲壮!唐·托马斯一直梦想着建立朗波里奥,一座雅典学府,远离令人窒息的大都市,正直善良的男男女女可以在这里聚会。他梦想的是一个新希腊,与古代的典范无异,因为武装集团、财政总督和奴隶们可以居住在同一个屋檐之下。朗波里奥是他一生的作品。大学教员、作家和诗人一步步地实现着他的计划。他成功地拿下了公证员、阴谋家、雇员,甚至还说服了银行家。胡安·亚居斯,那个从朗波里奥建立之初就同唐·托马斯一条心的家伙,曾经跟我一一细数过全体教父,其中几位今天还出席了唐·阿尔达贝托·阿朗萨斯的庆祝会:公证员阿索维多,阿尔索,戈迪内,当然还有曾经在河谷做过诗歌讲座的特里戈教父;强鹿配件、日产汽车、马牌轮胎的经理,药剂师,梅森德马克旅馆和彼得·潘旅馆的所有者;保险人乔治·索托,建筑师皮克·德·加罗,还有许多我不认识的。当然,计划成功的关键,办下贷款、许可证,找到地盘的,正是唐·阿尔达贝托

---

① 西班牙语,胆小鬼的意思,马琳切指与西班牙殖民者发生关系的土著女人。

本人。

眼下,处在风暴之中的唐·托马斯正在寻求支持。他似乎低估了知识分子的能力,他们毕竟是从首都来的,了解行政机构的部门设置,有办法封锁贷款,宁愿置学校的生存于不顾,也不愿放弃自己的野心。托马斯事先并没有做好最坏的准备。

我得知这些信息以后,能够对形式做一个估计了。我稍稍向后退了退,好欣赏眼前的景色。阿朗萨斯选择这块地方盖房子绝非偶然。站在这个露台上,他可以将整个河谷尽收眼底,可以望见穿过水田的人行道,一直延伸到大山支脉、还在向坎波斯那个死角里扩张的黑压压的城市。有时候,他一定会觉得自己是河谷的主人。

火盆上的烤肉散发出阵阵香味。这可不是梅南德大楼里的人类学家举办的乡村野餐会,这里的服务生穿着白大褂,烤的是真正的牛肉,涂了红汁和洋葱做调料的"夏洛来"牛肉。满堂宾客无可挑剔。

我加入到一群交谈者的行列中。我认出唐·托马斯的影子,还有漂亮的阿里亚娜·吕兹。在她身边是阿朗萨斯夫人,还有贝尔塔——唐·切瓦斯的夫人,带着她的两个女儿,阿佛洛狄忒和雅典娜。看到我走过去,阿里亚娜尴尬地笑了笑,她向来语出惊人:"找到你要保护的那个人了吗?灌溉渠边的那个姑娘,你叫她什么来着?"阿里亚娜刚刚喝过几杯酒,正是酒兴发作的时候。"你是说莉莉亚娜?"我问道。她大笑起来:"噢,对对对,莉莉亚娜,莉莉,那个被争夺的对象。"阿朗萨斯夫人弯下腰,饶有兴趣地望着我说:"争夺？多浪漫哪,快给我们讲讲!"

我干脆地打断了这个话题:"没什么好讲的,有人失踪了。"

阿里亚娜仍然不愿松口,清瘦的脸上露出冷酷而紧张的表情:"失踪？在哪儿？她不在奥朗蒂诺,我给你的那个地址吗？"

场面开始变得滑稽可笑了。我们的吵嚷声引起了大家的注意。我看到唐·托马斯站在露台边,和梅南德、阿朗萨斯在一起。我打断了阿里亚娜:"听着,我来这里只是为了向唐·托马斯告假的。我几天以后就会离开,不知道还会不会再回来。"阿里亚娜离开了女人堆,仿佛失去了理智,嗓门大得很。她站在原地,晃着胳膊喊道:"啊,是嘛,我还不知道呢!"我很想跟她谈谈唐·托马斯,谈谈他们的整个阴谋策划。她是叛乱者的耳目,她利用托马斯的信任背叛他。不过有时候,你要是想告诉别人什么,并不一定非要说话。阿里亚娜一定是从我的眼睛里看出了我对她的想法。她用一种奇怪的神情注视着我,目光从我的一侧越过去,仿佛盯着想象中的某个点,盯着我右后方的某个点。我离开了她。

总之,我想把一切对阿朗萨斯说,用一种审判的、嘶哑的声音。我要把这块河谷指给他看,坎波斯还在那儿,他却想将它一笔勾销,好扩大他的种植园,或者作为他未来的地皮,也许还起个名,叫钟山①,或者圆筒②,这样的名字,所有革命老兵都会喜欢。为什么不干脆叫它"普罗神甫"一

---

①② 原文为西班牙语。

场将别人赶走的革命,难道不是吗?

午后的雾霭中,河谷似乎成了世界上最平静的地方。烟雾慢慢化开,在田野上空缭绕。在一个个黑洞里,在高山脚下,电灯已经点亮了,拥有高塔和壕沟的草莓冷冻厂仿佛童话中的雄伟城堡。只有坎波斯绝世独立,静静地,如同大路尽头一座黑暗的岛屿。

几天以后,《旅程》对坎波斯发起了最后的攻击。那是一篇没有署名的社论,但过激的语调一看便是阿尔西比亚德、又名特里戈的大作。文章中,参事的理想国被描绘成一个外国流浪汉的避难所,其间毒品盛行,各色人种杂居在一处,开展着最为人不齿的前北美嬉皮士运动。

参事本人被描写成一个危险而狂热的精神领袖,将集团成员的积蓄一抢而空,并对他们实施非法监禁。这种漫画式的描写很难被人信以为真,但却预示着驱逐坎波斯居民的法律程序很快就要出台,不过是迟早的问题。我决定将特帕尔卡特佩河谷的行程推迟到局势明朗为止。果然,就在报纸出版的第二天,我收到了一封由拉法埃尔转交的信,写信人是

参事安东尼·马尔丹

"写这封信的时候,我知道我们在坎波斯已经时日无多了。

"写这封信的时候,我的心中并没有怨恨。今天的终点,我早在梦想坎波斯的雏形时就已经预见到了。然而,我并非没有挂虑,因为我不知道那些跟随我、信任我、信任这片土地的宁静与祥和的人们将来会怎样。我牵挂所有用双手建立起这个村庄,耕耘出这片土地,让我们的梦想成为现实、不至化为虚幻的人们。

"我从来不曾向他们隐瞒,我们在这里的生活是暂时的,我们的公社与我们在坎波斯生活的时间长短无关,我们与这块土地惟一的联系,是一份迟早要到期的租约。

"可是我没有想到终点来得这样快。也许我对那些预兆、谣言、嫉妒与诽谤没有足够重视?也许我太幼稚,以为自己给这里带来了同情甚至是激情,而实际上,那不过是些空话、肥皂泡、过眼浮云。

"也许我不够明智,不够谦逊。我就像我那做法国诗人的哥哥一样,跑遍世界之后,在交出灵魂的时刻喊道:'已经到了吗?!'

"我无法再在其他什么地方重新扎根了。我太老了,我的心脏已经跳不动了。我曾经把这些告诉过我视为儿子的那个人,也就是我托付这封信的人。拉法埃尔,他在手腕上刺下了北斗七星而被我叫做'小鸡'。我告诉他,也让他转告其他人:'你们该走了,去找一片新的土地吧,但是我不能陪你们去了。'他对我说:'没有你,那是不可能的。'我告诉他,我该回到我出生的地方,加拿大河的科纳瓦去了。他捂住眼睛哭起来。当时,我感到一种令我自己难以置信的撕心裂肺的痛。我以为自己把末日前的一切都预见到了,没想到一个孩子却为我保留了一份意外的惊喜。我告诉他,新的生活在前面等待着他,他会游历新的国家,结识新的朋友,他会获得自由。我记得,在他这个年纪,我也曾经抛弃一切去认识世界。

"我之所以心痛,是因为我明白了自己给这个孩子和村民们带来的,是一种永恒保护的幻想,仿佛我们选择了天堂作为我们的家。想到这里,我感到自己是有罪的。当时,我对拉法埃尔很凶,其实我是多么渴望和他一起抱头痛哭啊!我对他说:'你还缺什么啊?你不是有奥蒂和克利斯蒂安吗?你跟着他们,他们就是你的家人。在你的国家里,你不是还有一个需要你的父亲吗?'可那孩子固执地对我说:'你不能丢下我们。没有你,我们永远也到不了你向我们承诺的那块新土地。'

"我于是转过身,向村子高处走去,去隐藏我的愤怒和情感。现在,我一句话也说不出来,我无法做出决定。我太老了,我的心脏有病,灵魂也有病。我希望自己变成一个人人驱逐的废老头,拄着扫帚当拐杖,一瘸一拐地沿街乞讨。

"我已经开始为坎波斯的天空感到痛惜了。在我们国家,在俄克拉何马,天空总是很低。我们不能每晚仰望星星。苍白的星团,时隐时现的行星,遥远的红色光环中的巨星,所有那些曾经与我夜夜相伴的美丽图景:'大熊'的眼睛天枢星,它的尾巴、两肋,还有它正在追逐的瞪羚特里塔,每回跳起都会扬起一阵亮晶晶的尘土。特里塔,那正是奥蒂刚到坎波斯时,我给她取的名字,因为看到了她赤着脚在山石间奔跑的样子;还有克利斯蒂安,总是跟在她的身后,因为他爱她。他们要是爱我的话,以后或许还能记得这些?

"天龙座,那条'盘蛇','蛇头星'是它的眼睛。一千年前,宇宙的中心是右枢星①,而不是北极星。

"我出生的那个国家还剩下什么?有人在那里等我吗?我离开了那么久,相识的人都死去了,或者已经把我遗忘了。年轻的时候,我曾经想找到我的父亲。我想去法国,他的国家。我梦想去认识波尔多,他的城市。可是,我所找到的,不过是一张画着马路、车站和大河的旧地图。我把它装在衬衫口袋里,很长时间一直随身携带,可后来,我把它弄丢了。

"我绘制了天空图,分给坎波斯的每个孩子一小块,为了让他们不要忘记在晴朗的夜晚曾经看见过的东西。牛奶路②的'奶'洒在'大帆船'的船帆上。船底星座的桅杆上

---

① 位于天龙座。
② 指银河。

挂着舷灯"老人星",每晚,日落时分,那盏灯都会在西天亮起来。我希望它能照着我们找到我们新的土地。猎户座的参宿七,位于长翅膀的神马的马蹄上,由三颗恒星组成,最小的一颗用望远镜才可以勉强看到,但它距离我们最近。还有那对双胞胎兄妹,一个金发,一个黑发,可以说就生在这里,因为他们刚来时还在吃妈妈的奶,我还记得某年十二月十三日那晚的流星雨,因此对他们的母亲说,可以叫他们克里施娜和巴拉,他们的母亲微笑着同意了。我把这些名字送给来到坎波斯的人们:奥利安①,阿尔·哈瓦尔,珍珠项链般排列的猎户座的三个参宿星。聪明的桑戈尔,就在我们相见的那一天,十一月十八日,我为他取名叫巨掌星。温柔的玛丽居亚,我叫她新月,以纪念白银女神娜娜·库丝,西班牙人占领这里之前,她是这里的统治者。

"最后是天狼星,我把它给了猎人艾弗兰·科尔沃,他在夏季里的一天来到坎波斯,我没有立即认识他。他是一个带来危险的人,所以我叫他,迷途者。我们的大家庭之所以没有反抗,是因为我们太弱了。他住了下来,并且得到了'圣母'阿达拉,一个从庇护所里逃走的迷途的姑娘。她那种姑娘是令男人感到害怕的,害怕她们揭示他们的弱点,暴露他们的缺陷,因此,她们被男人关进了庇护所。阿达拉跟着艾弗兰住进了暴力之宅,我没有去猜这个男人到底为什么来坎波斯。他是不是杀过人,只是想找个地方藏起来。他不是来和我们生活在一起的,他是来毁灭我们的。

---

① 希腊神话中的猎人,天上的猎户星座。

"警察来到坎波斯大门口的时候,我起先是不承认的。我说,所有生活在坎波斯的人都已经赎清了他们的过错。

"他们于是嘲笑我道:'照你这么说,这里就是天堂喽?'他们用枪托顶我的肋骨,他们的长官冲我嚷道:'老疯子!快把你窝藏的惯犯交出来!'小伙子们及时赶到:拉法埃尔、奥德海姆、克利斯蒂安,他们站成一排,准备战斗。警官害怕了,他下了道命令,警察都退回去,钻进他们的小卡车跑掉了。

"但我知道他们还会回来的。果然,当天下午,他们增添了人手,开了三辆小卡车过来。艾弗兰和阿达拉提前得到消息,逃到山里去了。警察搜遍了所有地方,甚至连岩石上最小的洞也没有放过。他们用脚踹开谷仓的门,惊得母鸡和火鸡满天乱飞。他们搜查了所有房舍、包括观察塔和教堂废墟。孩子们都待在公社里,他们吓坏了。

"警察拷问村民,问也是白问,因为他们不懂坎波斯的语言。他们践踏了玛丽居亚的花园,说里面都是些毒品,玛丽-珍妮和印度大麻。桑戈尔想阻止他们,其中一个非常年轻的警察一边骂,一边用警棍打他的脖子,桑戈尔摔倒在花园的土地上。

"我想,这一切在天空图上都有。当时是十月,雨季就要结束了,天狼星出现在日落的地方。银河边闪烁着魔鬼阿尔果尔①的眼睛,时隐时现的光亮。我不会说我读懂了天空,因为类似的话统统是说谎,但我感受到空间的苍凉,

---

① 即恶魔的意思。

感受到自身的孤独,因为我们惟一的信念就在这些大片的龙舌兰叶子上,一夜又一夜,我请人在叶子上描绘我们惟一的故园。

"我知道,坎波斯的终结在所难免。甚至在警察来到之前,在诉讼代理人来信正式通知我们离开之前,在报纸发文谴责我们罪行累累、逼迫孩子卖淫、窝藏杀人犯之前,我就已经预料到了。

"我有一种幻象,一个梦想,梦想着我们出发上路,带着我们的生活必需品和仙女树叶。我们要到一片崭新的土地去,一座只有海鸟和海龟生存的海岛,就像我在战后生活过的那座岛屿一样。蔚蓝的大海,棕榈树,淡水,水果,我们要在那座岛屿上建立我们的王国。

"我不知道那座岛屿的名字。那是存在于我的黑夜之外的一种光明。我嗅到周围全是海的气息,像从前一样,我听见海浪的声音。在这个王国里,没有任何人会来驱逐我们,我们可以将一切重新开始。

"我没有跟任何人说过这些,怕被别人当成疯子。

"我不知道那座岛屿是否存在。我只知道世界是辽阔的,任何人都一无所有,除了他曾经做过的事情。我知道,我们惟一可以相信的东西存在于天空中,而非大地上。因为我们看到的这片天空,这片拥有太阳和繁星的天空,正是我们的祖先曾经看到过的,也是我们的孩子将要看到的。对于天空而言,我们既是老人,又是孩子。

"这就是我想对你说的,因为你是我们的陌生的朋友。

"请你记住我们。"

流　亡

开始于圣诞节的那个星期。我永远记得事情的全部经过。整个河谷都被打扮了起来,一品红鲜艳夺目,斜穿街道的电线上悬挂着纸做的娃娃的头像,就连我窗户对面的教堂废墟也透露出一派节日的气象。

那天早晨,是达莉娅来把消息告诉我的。她一早起来去集市,碰到了阿雷曼神甫和阿里约神甫。回来的时候,她没有敲门(她还保留着我们公寓的钥匙,一定是觉得她有一天还会回来和我一起生活)。我正穿着短衬裤坐在茶几前。她满脸惊慌失措的样子。我想,一定是埃克托或者她儿子出事了。

她紧紧抓住我的手说:"完了,他们走了。"我没有立即听懂。

她开始滔滔不绝地往下讲:"他们派来了审判员[①],包围了村子,但村民们关着门不愿答应。警察带着小卡车和喇叭来了,威胁说要把大门撞开。所以,村民们让步了,他们说他们正准备撤离。他们已经开始搬家了,女人和孩子

---

① 原文为西班牙语。

正拎着箱子走呢,我们得赶快到坎波斯去,走吧!"

我们叫了辆出租车,好抓紧时间。阿里约桥被审判员堵住了,出租车兜了个圈,我们又步行走了一截,终于来到村口。阿里约的圣诞节从来没有这样反常。中心广场上,木兰树树枝上挂着红红绿绿的灯环,附近的人都聚集在集市广场上,但广场上并没有东西可买。只有拱廊下面,几个印第安老妇人坐在地上,面前摆放着一小堆一小堆鳄梨和熟烂的香梨。

我记起第一次坐车来到阿里约市中心的情形,那好像还是几年前的事了。那时候,拱廊下能见到卖坎波斯鲜奶酪的女人,还有参事收来的蜂蜜,装在可回收玻璃罐里出售。

达莉娅一直拉着我的手,我感到她的指头因为紧张而变得僵硬了。小鬼们一副圣诞节的装扮,在街上跑来跑去。男孩子装成胡安·迪亚戈,肩上扛着柴捆,女孩子扮做同性恋,手中提着花篮。他们来到拱廊下,买几个苏的甘蔗,塞进嘴里吮汁。村庄显得很冷漠,远离一切,仿佛刚刚从惯常的昏睡中醒来。

坎波斯的路边,男人们蹲在地上,似乎在等待着什么,我恍然大悟,他们是阿尔达贝托·阿朗萨斯的"伞兵",正在等待公证员特里戈发布占领坎波斯的命令,好像驱逐行动成了完全合法的一样。

这些人和我在奥朗蒂诺见到的差不多。男男女女,尤其是男人,看不出多大年纪,破衣烂衫,脚下趿拉着粘满泥浆的篮球鞋或胶底凉鞋,头上要么戴着草帽,要么戴着棒球帽,有的人还戴了太阳镜,给这微不足道的人群染上了一点黑手党的色彩。

看见我们经过,他们并不吃惊,也不议论。他们在村子里应该不常见到一个外国佬拉着个黑白混血的波多黎各女人呀,也许他们早就听说坎波斯是嬉皮士避难所,所以才会见怪不怪吧。

在坎波斯路边,我们被另一群便服审判员拦住了,他们穿着褐色皮夹克,戴着太阳镜,斜挎着冲锋枪。达莉娅勇敢地跑上去跟他们说:"我们不会做任何坏事,我们是来和朋友道别的。"她在说谎,其实她谁也不认识,她所了解的坎波斯全是我告诉她的。而且,一开始,她对这些并没有兴趣:"你了解我的,嬉皮士,那跟我有什么关系。"她是站在真正的革命者一边的,那些坚定不移的马克思主义者和桑地尼斯特革命者①一边,比如埃克托和安吉尔。

可是,那天早晨,她忽然明白,他们不过是一帮幼稚的幻想家,一群来自世界各地的逃亡者,试图找到另外一种生活方式。他们是一支迷失的部落。今天,河谷的权贵们要驱逐他们,夺走他们的土地,忘掉他们,让河谷里的一切恢复原来的秩序。

市警们一边抽烟,一边听她说。他们大都是印第安人,深色的面庞,冷漠的眼睛。他们可能跟安吉尔,跟革命战士长得挺像。他们服从的是权力、金钱、律师阿朗萨斯,公证

---

① 革命的目的,是要在尼加拉瓜孕育和建立起一整套全新的社会体制,却被美国扼杀。1986年由于被指控策划从事侵犯尼加拉瓜主权的一系列行动,美国曾于国际法庭受审。

员特里戈、鳄梨种植者、草莓种植者,以及冷冻厂厂主的命令。

他们望着达莉娅,或许觉得这个身材高挑、古铜色鬈发、亮眼睛里能映出蓝天的姑娘长得太美。多亏了她,我们终于获准进了坎波斯的大门。

在坎波斯的入口处,就在我曾去过的那座厂棚前面,警察的小卡车围成梅花形停在那里。但那位曾经与我交谈过的普罗神甫不见了。远一些的地方,靠近坎波斯的围墙,几辆蓝鸟卡车——正是收割时节送人们去地里干活的卡车——正在等待着,马达突突地响着。这些车是特里戈弄来清人的。一切都安排得井井有条。

我们没有靠近。警察并没有阻拦,是我们自己不想过去。我们站在路边,厂棚前面。卡车边,村民带着孩子们等待着。从敞开的大门里,我们可以望见坎波斯村里的景象。我们看到一片干巴巴的土地被强烈的阳光炙烤着,坍塌的围墙,生土和板条搭成的破棚子,支离破碎的玉米地,还有灰蒙蒙的地上随处可见的废弃物品,好像是汽车残骸。这简直没有哪一点像个天堂的样子,倒不如说是一片荒芜狼藉的茨冈人集中营。

我们等了好一阵子。达莉娅激动的情绪稍稍平复了一些。她坐在厂棚挡雨披檐下的一块大石头上闷着头抽烟,一句话也不说。

直到中午,坎波斯居民才一小群一小群地走出来。首先是男人,小伙子们,穿着工作服:牛仔裤、长袖衬衫和满是尘土的罩衣,有些戴着墨西哥草帽,饰带和小绒球拖在脖颈上,有些戴着棒球帽,另外还有一些人扎着印花布方巾,在脑后束住,达莉娅最瞧不起他们,每次在城里、集市上或者五金店见到,总要贬他们一贬。她把他们叫做小资产者,惟利是图的和平主义者和狡猾的弄潮儿(我一直在琢磨这是什么意思)。

男人们开始往一辆蓝鸟卡车的拖斗上搬工具。铲子,锹,还有做牛奶的手动离心机,机械泵,风车等等。这就是他们剩下的全部工具了,竟然连卡车的后半截都没有装满。

接着,女人们出来了,带着孩子,其中还有一些男人。他们两个两个通过大门,在路上走出几步,便被太阳照得睁不开眼。也许,他们在坎波斯的最后几天是关在公社里度过的,因为害怕遇见警察。

看到孩子们的时候,达莉娅站了起来。她的脸上浮现出令我难以置信的表情。她抓住我的胳膊,不断地对我说:"看那些孩子,看哪,湿漉漉的鸟儿,小雏鸟!"

她或许是想起了法比。埃克托和安吉尔回墨西哥去了。他们知道唐·托马斯正在输掉对人类学家的战斗。埃克托准确地判断出分离在所难免,他带走了法比,完全不顾达莉娅的哭泣,不顾孩子一个劲地抓着妈妈喊:"我要妈妈!"埃克托是一名革命战士,他不会听由母子俩的任性的。

达莉娅好像疯了。回到公寓后,她把床垫拖到起居室里,不让我碰她。她整整一天都躺在那儿,缩成一团,好像有人在她肚子上踢了一脚似的。

看到孩子们离开坎波斯的情景,她哭了。她说:"你没有看到！他们是难民,村里的孩子们,现在要被送到天涯海角去了！"她有点夸张了,不过,这些孩子确实太瘦了些,脸色苍白,衣衫褴褛,让人看着揪心。他们一个接一个爬进卡车后面的防雨布下面。这群八岁到十二岁左右的小男孩和小姑娘,有些应该就出生在坎波斯,对外面的世界一无所知。

我希望能认出拉法埃尔在信上提到的孩子们:奥德海姆,雅琪,玛拉,双胞胎克里施娜和巴拉,桑戈尔和玛丽居亚,惯犯艾弗兰和她的女伴。可是,从我们站的地方,根本不可能分辨出这个穷人的队伍里谁是谁。与其按照参事的美誉,称他们为彩虹村的村民,不如说他们是一帮乞丐。

他们来自世界各地,天南海北,有加拿大北部的,也有中美洲的,这是一个混居的族群,各种肤色都有。而现在,在正午强烈的阳光下,他们似乎全是灰色的。

我们没有看到参事,也没有看到拉法埃尔·扎沙里。拉法埃尔一知道驱逐令下达,就离开了集市里的那家种子店。他把自己在商店楼上的房间一卷而空,这是他的老板,一个目光狡黠的小个子男人告诉我的。他甚至还别有用心地说:"他还没有付给我当周的房租。"他或许希望我会把租金付清,包括拉法埃尔离开时带走的那件蓝色工作服。

第一辆卡车开动了,带着满满一车的男男女女。车子刚好从我们面前经过,达莉娅对他们做了一个令人意想不到的动作,她站起身,举起胳膊,做了一个 V 字,好像他们是政治犯。我没有动,甚至没有转过头去看看他们。现在做什么都是无济于事的。

接着是第二辆车,车上的男人们带着包裹和箱子。他们都很年轻,头发留得和姑娘们一样长,头上戴的红色、蓝色的三角方巾被风吹起,像印第安塔拉乌马拉人①一样。

路上的人望着这个富于异国情调的场景,他们很可能从来不曾一次见到这么多外国人。卡车上,流亡者们对自己的命运并不关心。第二辆卡车从我们面前经过时,车上有人向我们招手,好像在说:再见,我们还会再见的!我发现达莉娅没有理睬他们。她的神情变得忧郁起来,对那些到外面去闲逛的人,她不会做胜利的V字形手势!

她拉住我说:"走吧,我们走,这里没什么可做的了。"可我还想多待一会儿,再跟拉法埃尔最后道个别,或者再看看穿着白色长裙的奥蒂。

可是,卡车已经开走了,警察关上了门,我知道,一切都结束了。我们跟看热闹的人一起,顺路回阿里约去。路边上已经没人了,"伞兵"回家去了,回去等待特里戈的指示。

那晚,在公寓里,达莉娅喝得很多。我们坐在起居室的床垫上,边抽烟边说话。在坎波斯站了半天,我觉得皮肤被太阳晒得火辣辣的。我觉得自己在发烧,血液在太阳穴和耳边涌动。

达莉娅自言自语道:"他们要去哪里?他们今晚睡在哪里?他们是有计划的,他们很精明,他们可能装呢,他们会找着地方,会开始新的生活,不会有问题,世界是他们的,他们是世界公民,他们不是平民百姓,他们是贵族,艺术家,

---

① 墨西哥土著民族。

他们有钱,受保护,他们总是有房子住,他们是探险家,是我太多愁善感了。我看到那些孩子的时候,实在忍不住要哭……"

她的眼睛里噙满了泪水:"……我希望他们是流亡者,被放逐的人,贝鲁特的巴勒斯坦孩子,村子里的加尔各答、马尼拉孩子,我们圣·胡安的孩子,死于艾滋病的妓女的孩子,从阴沟里爬过,被警察像蟑螂似的驱赶的诺加雷斯的孩子……"

我本想让她理智些,告诉她,事情没那么简单,坎波斯的人们梦想着一个更完美的世界。他们有点像疯子,但他们的梦想不会夺走任何人的东西,不会影响奥朗蒂诺潟湖的伞兵的孩子,也不会威胁到在圣巴普洛边冒烟的垃圾山上的小挖掘者们。但我只是叫着她的名字:"达莉娅,达莉娅·罗伊。"她望着我,我从她黄色的眼睛里看到了虚空。她紧紧地靠着我,湿漉漉的脸贴着我的颈窝。

对于一个圣诞节的夜晚来说,今天真是够闷热的,我想。也许天狼星又开始重新反射太阳的光芒了。我的脸很烫,我觉得自己还站在坎波斯的村口。我希望看到奥蒂像一位公主般站在彩虹民族的人民中间。

永别了，朗波里奥

我走了，不知道什么时候还会再回来，也许永远不再回来了。永别了，土著翻译胡安·亚居斯。

自从唐·托马斯遭阴谋暗算后，亚居斯再也不来朗波里奥了。所以，我去过他家拜访他，就在古鲁塔兰火山口下，村口的艾米莉亚诺·扎巴塔小区，离伞兵的孩子们去找纸箱和钢板的那座冒烟的垃圾山不远。

那地方的大路已经坏了，仿佛经历过一场战争。干涸的泥坑间，孩子们赶着一只没有轮胎的自行车轮辋当铁环玩。看到我，他们停了下来，嘴巴张得大大的。这里的外国人不多，也许是被扎巴塔的名字吓跑了。

这里的房子都很简陋，清一色全是没有砌面的混凝土砖墙建筑。有些房子有瓦顶，但大部分都用石棉水泥板做顶。

不过，这儿的空气很清新，风景很优美。从这里可以将整个河谷尽收眼底，从教堂钟楼直到水田，还有掩映在西边高大的桉树丛中的卡梅加罗湖。我情不自禁地想，如果阿朗萨斯把这里的人赶出去了，他会把这个地方变成什么样子呢。

胡安·亚居斯站在家门口等我。昨晚我给他打电话时,他并没有惊讶。事实上,没有人会登门造访他。我刚到朗波里奥的时候,他并不相信我。他觉得我和其他研究员都是一类人,没什么好指望的。亚居斯是个印第安人,深皮肤,大脑袋,宽肩膀。没有人不知道他嗜酒。我记得,初次见面时,他正在朗波里奥图书馆啃书本,我一边自我介绍一边向他伸出手,他冷冷地看了我一眼,用嘶哑的嗓音问道:"发生了什么事?"

后来,他变得可爱多了。他明白了我不是危险人物。他接受了我,我们之所以能够成为朋友,或许是因为我们都欣赏唐·托马斯。

他是他们那群人里第一个接纳大学机构的代表。这是唐·托马斯的主意:继承传统,把圣·尼古拉中学方济会修士的工作继续做下去。请一位土著翻译作为当地人与主流文化之间的媒介。胡安·亚居斯负责用纳华语、奥托米语、普勒裴查语和萨波特卡语这四种高原上最常用的语言编写一部当地人的百科全书。显然,酒精没有帮上他的忙。工程开始四年之后,百科全书依然没什么进展。这件事甚至成了仇视唐·托马斯的研究员口中的笑谈。"这个印第安人!"人们在走廊上议论着。他们一开口便是:"印第安人和蠢驴都是一回事。"或者:"印第安人都在磨洋工。"①

不过,这话从来不会当着当事人的面说。因为,作为良民,他们好像也害怕某种莫名的报复和魔法。

---

① 原文为西班牙语。

房间内部漆成了绿色。惟一的家具是一张带坐垫的木制沙发和一张茶几。角落里有一台电视机。房间尽头的办公桌上摆着一台老掉牙的电脑。

胡安·亚居斯在朗波里奥有一间办公室,但他几乎从来不到那里去。他喜欢在家里工作。就是在这个房间里,他接待了他的情报员:梅塞塔高原和湖区的印第安人。他甚至还和博拉尼奥斯河的一个乌伊乔的印第安人保持着友谊,时不时地接他到家里来住上一阵子。我曾经在圣巴普洛的泥街上碰到过那人。他像王子似的穿着刺绣外套,戴着饰有鹰羽的帽子。两三年前,唐·托马斯曾经举办过一次惠邱族艺术品①展卖会,不少喜欢嘲笑亚居斯的人类学家买下了大量油画,精雕葫芦和仙人球包,带回去装饰他们的客厅。

走进亚居斯的家,我吓了一跳。他的家很寒酸,有点空荡荡的,我觉得很像特兹科科湖边安东尼奥·瓦里亚诺及阿兹特克新贵们向贝纳尔迪诺·德萨阿贡②的抄写员讲述历史的那间屋子。

大厅里,一位少妇接待了我。她一身西式穿着,一头长发却梳成印第安女子的山形样式。"这是玛尔蒂娜。"胡安·亚居斯介绍说。她坐在沙发上,两个孩子跑到她跟前,跟区里的小鬼一样,脏兮兮的,亲昵地缩在妈妈的腿边。她喊着他们的名字:"玛尔蒂尼塔,胡安尼托。"她优雅而

---

① 墨西哥惠邱族手工艺品具有浓郁的民间特色,如纱线画等。
② 贝纳尔迪诺·德萨阿贡(1499—1590),西班牙教士,新大陆人类学的开创者。

朴实。

茶几上放着一瓶苏打水和几只平底大口杯。胡安·亚居斯给我倒了一杯水,又给玛尔蒂娜和孩子们倒上,自己却没有喝。

唐·托马斯和梅南德告诉过我,对亚居斯而言,酒可不是用来找乐子的。有时候,他一大早便开始喝,一直喝到不能动弹为止。于是,他的妻子和孩子把他拖进卧室,让他平躺在床上。醒来时,他就什么也不记得了。大家都觉得,他总有一天会倒在地上,再也醒不过来。

"你要走了?"甚至在我给他打电话之前,他就已经知道了。正是他的沉默寡言使我产生了拜访他的欲望。我没有跟梅南德及其他研究员道别。我很喜欢他们(尽管梅南德很可笑),但我觉得我的离开不会给他们的生活带来任何影响。唐·托马斯的遭遇令我痛苦万分,而我觉得(瓦卢瓦教授也赞同我的观点)我只有离开,才能对他有所帮助。至少,那帮希望他辞职的家伙不能再指责他是亲法分子①了——自夏尔·甘时代以来,这一直是不可饶恕的罪行。

胡安·亚居斯痛苦地向我讲述着。在他眼中,唐·托马斯是父亲。托马斯遭到众叛亲离,亚居斯心如刀绞。印第安人似乎变成了龌龊行为的象征,中央政权总是对远离首都的人表现出轻蔑与鄙视。

"喏,你看看,这是他们写给教育部的最新一封请

---

① 原文为西班牙语。

愿书。"

我看了其中一张,上面列着唐·托马斯敌人的名字,我大吃一惊,没想到这起阴谋竟然如此复杂。

"他们开了一个预备会,"亚居斯继续说,"举手通过了更换唐·托马斯的提案,勒令他离开朗波里奥。一个月前,基地已经被封锁了,账上一分钱也不剩。唐·托马斯整天把自己关在办公室里,谁也不见。"

我扫了一眼名单,看到一些预料之中的名字,也看到一些没有想到的名字,比如唐·切瓦斯和贝尔塔,还有瓦卢瓦,今天早晨才刚跟我聊过天。实际上,除了梅南德,亚居斯和我(根本没人来问过我),所有人都掺和了这场阴谋。名单最下面甚至还写着"朗波里奥工作人员评议会",这也就意味着连司机鲁邦和罗莎——唐·托马斯的女秘书也参与了进去。

亚居斯把那张纸拿过去,用一种沉闷的声音开始念他画下的段落:"鉴于目前的领导班子给公司带来的巨大危险……"他冷笑道:"公司!他们把朗波里奥看成一家大商场了!"还有下面的"……在合同雇员的选择方面,其教育学倾向明显导致了集体分裂的危险……"他说:"这是讲我的!——还有,'尤其是某些演讲中的政治偏差'……这是在说你!"

房前的马路上,亚居斯的孩子们笑着,喊着,玩得正开心。周围是一片田园乡野的宁静,多少淡化了朗波里奥尔虞我诈、钩心斗角的闹剧。

我问亚居斯:"你打算怎么办?"

181

他耸了耸肩:"我不知道。玛尔蒂娜觉得我们应该回去了,回到阿朗台帕亚去。她说河谷里已经没有我们的容身之地了。"

他转身去寻求她的赞同,但少妇为了方便我们谈话,主动到门边看孩子们去了。

亚居斯指了指他的办公桌,电脑边堆放着一摞稿纸。"很遗憾,百科全书的工作正是干得不错的时候。"我很同情他:"几百年来,当地人从来没机会让世人听见他们的声音。"我还试着鼓励他:"没有什么能阻止你继续干下去,继续组织村里的联络人。"他的回答很幽默,但我察觉到那幽默背后的忧伤和绝望:"四百年太长,我们都要活成老妖精了——但也许我们还要再等上几个世纪才能把书写成。"

从他的话里,我听出了许许多多难以克服的困难:阿朗台帕亚的艰苦生活,阴冷潮湿,电脑容易死机,雨水太多,纸张容易发霉,还有流通困难,日用品紧张。

我从胡安·亚居斯的目光中看到一种距离感。几年来,唐·托马斯给了他生活的希望。他拥有了朗波里奥的办公室,有机会与演讲者聚会、讨论,编撰百科全书,更新印第安文化。他梦想让那一段已经终止的过去复活,梦想给少男少女的生活赋予新的意义,让他们感到自豪,而不再像从前一样,迷失在北方,迷失在洛杉矶和西雅图的郊区。

我明白了自己为什么要在临行前再见一见胡安·亚居斯。因为他是唐·托马斯倒台事件中最大的输家。其他研究者:人类学家,社会学家,语文学家,历史学家,甚至连司机和女秘书都会获得新的机遇，还能从头开始。他们的处境并不糟，他们是有准备的。他们将会找到新的学校，新的职位。而胡安·亚居斯则不同，他将失去的是与他生死攸关的东西。山民们将不再有机会宣告自己的存在，宣告他们的语言和历史没有消亡，他们将不再有机会在祖国大百科全书的某一章里发出自己的声音。

也许是我太喜欢悲天悯人了。我望着亚居斯和他的妻子，他们的脸仿佛是玄武岩雕像一般，正是塑造了这个国家的熔岩塑造了他们。他们是永恒的。他们已经回到了俯瞰巴兹夸罗的高山上，回到了他们的村庄阿朗台帕亚。在那里，街上的大雾一直弥漫到晌午，房间里也能闻到浓烈的灰烬气味，直到傍晚，青烟还在油松遮蔽的屋顶上缭绕；姑娘们裹着蓝披巾，老区长们穿着玉米叶做成的风帽长大衣，样子很像日本村民。我辞别了亚居斯和他的妻子玛尔蒂娜。孩子们又在玩铁环了，看也没看我一眼。

我沿着大路一直回到圣巴普洛，顺着垃圾场前的佩里邦路向前走。这是一个天朗气清的春日，火山的山峰上仍然覆盖着冰雪。我的身后就是古鲁塔兰火山口，左边是人类学家们安家落户的黑黝黝的山坡。这是星期天的早晨，一切似乎都还在睡梦中。我想到吉耶摩·瑞兹，那个秘鲁人，现在也许正和妻子坐在游廊下品咖啡，琢磨着他关于印加庙宇中希腊梯螺的研究。他的孩子们要么在跟驴子卡利班玩，要么在喂火鸡。

经过圣巴普洛山顶的时候，我看见"红十字"门前，妇

183

女们正排着长队,等候领取每周发放的米、面和奶粉。

冒着烟的火山上没有什么人,只能见到几条瘦成皮包骨头的饿狗。一见我靠近,它们一边后退,一边伸出爪子,低声咆哮着。

我没有找到贝托,没见到他那张瓦刀脸。星期天,没有车上山来。我看到一些分不清多大年纪的妇女,浑身包裹得像木乃伊一样。她们用带钩子的木棒在垃圾堆里翻找着,希望能找到一些残渣碎片,看上去就像一群猎狗。

转弯处,老兵的商店还开着。在一堆旧卡车轮胎上歪歪扭扭地画着几个字母 VULCAN,好像在告诉偶尔路过的旅客,应该去看看那个比巴里古丁火山更年轻、现在还处于活跃期的新火山口。

我沿着灌溉渠边的泥巴路向前走。我已经有几个星期、几个月没有来过这里了。在伞兵区,星期天和平时一样。卡车一早就来接女人和孩子们,把他们送到草莓地里去干活。《旅程》已经发布了通知,我们从美国那边引进了新的植物品种,是"草莓湖"送过来的。今年,众口将不再难调:德国人、智利人、瑞士人、美国人都能吃到自己喜欢的东西,那条著名的克伦代克河就是种植者的金矿。

我来到唐娜·蒂亚的破屋前,发现门关着,确切地说是被钉在了门框上,窗子也有一扇玻璃打碎了。我觉得仿佛已经过去了许多年。

唐·乔治在他的小店里简单地跟我说明了情况:"老太婆死了。听说被发现的时候,她已经坐在椅子上冷掉了。

市政公墓雇员把她抬走,扔到大沟里去了。"

我不敢打听莉莉的消息。有关她的一切仿佛都已消失。老唐娜·蒂亚是个凶狠可怕的巫婆,而她竟然孤独地坐在椅子上死去,这里面似乎有名堂。我明白,现在,对于所有准备争夺潟湖的人,对那些冷酷的创办者,控制伞兵军的刁滑律师,红灯区花园的权杖,还有每天早晨将孩子装满卡车、把他们扔到草莓地里去的骗子来说,这块地方终于腾出来了。

我回到红灯区,从货站出发,沿着红墙往前走。黄昏的天气还有点热。四月,旱季已过,路上的泥坑已经发硬。不时可见卡车开过,向奥朗蒂诺的方向去,卡车一走,一切又复归平静,惟有扬起的尘土慢慢落下。围墙的裂缝中,蜥蜴守在自己的位置上,向着太阳张着大嘴。这里是全世界最安静的地方。

阿特拉斯花园的门半掩着。我走进去看了一眼。我几乎什么都认不出了,只记得那几张塑料桌、塑料椅,还有几把倒在草地上。整个花园如同一座废弃的果园。地上,腐烂的鳄梨散发出臭味,草全黄了,花盆里的木芙蓉和夜来俏也全都干枯了。

我没有找到唐·圣地亚戈。恶鬼倒霉之后,他就换了工作,摇身变成市区某家停车场的管理员。姑娘们都走了。有靠山的去了汽车站附近的其他小区,没靠山的只得另谋出路,去了瓜达拉哈拉或者墨西哥城。《旅程》发起的运动终于收到了成效,那条吸引眼球的标语一看便是诉讼代理人特里戈的杰作："扫清奥吉阿斯的牛厩①！"这场运动恰巧与新统治者的选举不谋而合，候选人里正有阿尔达贝托·阿朗萨斯。

在花园尽头的洗碗池边，我发现一个鬼鬼祟祟的人影。是个老妇人，一身黑衣，半藏在柱子后面。我冲她喊道："您知道她去哪儿了吗？"我又向花园里走了几步，重复道："您知道吗？"

老妇人缩成一团，没有回答。后来，她应了一声，声音很低，没有什么实际内容，只有一个尖利的音节："哎！"

我回到泥巴路上，继续寻找熟悉的面孔。我看到一些人影，裹着头巾的女人，孩子们。一撮一撮男人聚在小店门前等候，唐·乔治的小棚子已经关了。为了阻止伞兵入侵，果园区河岸边的居民把墙上的洞眼堵住，还拆掉了河上的桥。

我没有找到亚当和夏娃。他们或许去哈利斯科高地了。他们到处流浪，四海为家。我想象着他们在集市上的滑稽的身影，小姑娘奶声奶气地请求"看在上帝的分上"，他们偷货架上的水果，捡餐桌上吃剩的面包。

在朗波里奥，暴风雨已经过去。这里并没有对机构人员进行大清洗，离开的只有胡安·亚居斯。人类学家为学院选举了一个以他们为多数的执行委员会。厄瓜多尔人莱

---

① 希腊神话传说中，厄利斯国王奥吉阿斯养了3000头牛，30年没有打扫过牛厩，牛粪堆积如山。英雄赫剌克勒斯引来河水，一夜之间彻底清扫了牛圈。"奥吉阿斯的牛厩"现转义为极其肮脏的地方。

昂·萨拉马戈当选为主任。根据章程规定,外国人不能当选,因此,他获准入了墨西哥国籍。加尔西·拉扎罗回西班牙去了,阿里亚娜·露兹仍旧是一个人。总而言之,什么也没有真正改变。

唐·托马斯的主任头衔换成了常务主席。他从乡下祖先那里继承了智慧的头脑,对偶然事件异常敏感。他接受了教育部的强制条约,因为只有这样才能保住朗波里奥。梅南德也留下了,只是把他的人文科学系换成了民俗研究系——一个能让他随心所欲、尽情发挥的全新的研究单位,主要以东方哲学为研究对象。听说他还把自己的六角大楼贡献出来,好让流浪的哲学家们有落脚的地方。

我在托马斯·摩西的办公室里待了一个小时。得知我当真要离开时,他的脸上掠过一丝遗憾,这是我不曾料到的,不过,他很快就恢复了惯常的幽默感:

"墨西哥可是地理学家们梦寐以求的土地,"得知我打算乘车赴华雷斯边境时,他评论道,"你将要追寻拉姆霍尔兹的足迹继续前进。"他顺势又聊起了大齐齐梅卡,相当于波托西省①的圣巴尔巴哈,聊起了神秘的马皮米,那块连电波都无法覆盖的寂静之地。我没有告诉他,对我而言,惟一神秘的是莉莉的失踪;惟一的寂静之地,是她留下的河谷中的这一方土地;真正寂静的,是她那被人盗去的生命,她所遭受的暴力,还有在边境的那一边把她捉住的陌生人。唐·托马斯是一位大实用主义者,他不会认可我的这些空想的。

---

① 位于玻利维亚。

达莉娅带我去集市转了一圈。我们仿佛昨天刚刚来到河谷,对这里的一切一无所知。下午两点钟左右,太阳晒着篷顶,我们手拉着手,一切都没变。露天集市似乎拥有永保不变的本事。然而,我觉得这里的气味变了,尽管实际上没有变。野苋的黄色的、墨绿色的叶子,根上挂着的泥土,沟里的死水,甚至还有围着熟透的水果盘旋的胡蜂,我觉得这味道更酸,更刺鼻了。实际上,改变的是我们自己,我们的皮肤,我们的目光。我们渐渐变成了异乡人,而河谷正在收束自己的经纬,将我们驱逐出去。柔情蜜意变得无味了,就像奥蒂给拉法埃尔看的那把象征嫉妒的干草一样。达莉娅和我,我们让自己的情感枯萎了,凋零了。不知不觉中,爱情已然变成了床垫里充塞的干草。

我们几次穿过迷宫似的小道,从菜肉市场一直走到隐蔽的小巷。在这里,老头老太们摆出他们可怜的一点战利品:生了水锈的水龙头和金属滤网,成堆的螺丝和螺帽,掉了手柄或只剩手柄的工具。我们一直走到长途汽车站,这里是我们向卡帕库阿罗的印第安人买矮椅和饰花碗橱的地方。这是清算我们的破败的一种方式。

我们的步履既轻松又沉重。打从一开始便伴随着我们的漫长的苦痛,将人类学家的背叛、唐·托马斯的孤独、朗波里奥的破败和坎波斯居民的受逐补充完整了。

达莉娅也走了。她把家具和厨具送给了邻居。两天后,她要去墨西哥,三天后去圣·胡安。她要一个人走。法比被他父亲带走了,法律甚至没有赐予母亲探视的权利,理由是她酗酒,精神状况不稳定。她的目光有点狂乱,她对我说:"你知道,达尼埃尔,他把一切都算好了。但他不知道我还有个计划,到圣·胡安以后,我要像我说过的那样——你还记得吗?我要参加洛伊萨的一个慈善组织,为患艾滋病的妇女和她们受到感染的孩子开一家避难所。那时候,法官就不会阻止我带走法比了,他们将会知道我到底是什么样的人,法比也会为我感到骄傲的。"

在汽车站,我见到了那个撑在小车上的双腿残缺的家伙,两只手里各抓着一只熨斗。我给了他一点钱,他凶狠地回敬了我一眼。

往各个方向去的汽车一溜儿停在车站的挡雨棚下。车子两步一停,轰隆轰隆地向前挪,好似被骑师用力拉住的马不耐烦地跺着蹄子。

周围全是去往各个方向的吆喝声:"洛斯雷耶斯、巴坦班、莫雷利亚、瓜达拉哈拉、巴尔卡!卡拉帕、帕拉乔、乌鲁阿班!墨——西哥路不远!帕兹库阿罗,帕兹——库阿罗!去边境啦!去边境啦!"乘客总是在最后一分钟才赶到。我想,坎波斯的居民一定是把他们的包裹和生活必需品堆在车顶上,乘着这些车逃往南方的。

我把背包交给一个等在汽车踏板上的家伙,把我经过阿瓜斯卡连特斯、萨卡特卡斯、托雷翁和奇瓦瓦去北方边境的车票交给管理员。等我再转过身时,达莉娅已经消失在车站的人群中了。她曾经对我说:"我最害怕的事,就是离别。"可我仍然透过绿色的玻璃窗,努力搜寻着她的身影。司机已经拉动了加速杆。就这样,一切都结束了,我离开了河谷。

各 行 其 道

　　他们是彩虹民族。他们乘着卡车、汽车向南方去。每天，天刚蒙蒙亮，他们就上路了。大家分成了小组，以免引起警察的注意。大家的路线各不相同。

　　第一组带头的是奥蒂和双胞胎的母亲汉娜。他们选的是近路，先走拉彼埃达的破路，然后上萨拉曼卡和格雷塔罗高速公路，当晚，他们就睡在墨西哥。第二组是谢丽娅克、马荷塔和维加带头，坐二等车厢，经过萨卡布和莫雷利亚，第二天穿过大山，经过西塔夸罗和托鲁卡。最后一组由奥德海姆、雅琪和玛拉负责，他们坐的是运送材料和生活用品的卡车，经过热地、新意大利和蓝沙海滩向南出发，经过阿卡普尔科、皮诺特帕·纳休纳，一直到格兰德河，最后到达旺托萨湾。

　　他们彼此分开之后，便不再知道各自的消息，也不知道何处再聚首。

　　临行前，参事提空了他在河谷各大银行的全部存款：墨西哥银行、商业银行、乡村银行、草莓银行、塞尔芬银行、琼盖罗银行。坎波斯可不仅仅靠奶酪生产，靠看星星过日子。参事安东尼·马尔丹知道自己在做什么。他从前在俄克拉荷马保险公司赚的钱使他成竹在胸。他把坎波斯居民的收入存进高利活期账户。公平公正起见,他将所有存款都以三个人的名字登记:他自己和另外两位坎波斯居民,保险柜只有在三个签字人全部同意的情况下才能打开。

参事察觉到局势已经无可挽回之后,跑遍了各家银行,把存款转换成美元。他用自己的外籍护照和签有"外交部"字样的许可证(坎波斯起先注册为"实验农场")解决了所有问题。他把大家的护照和签证全都办好了,除了那个无证旅行者艾弗兰。

兑换美元是个细节。种植者们制造的美元洪流蔓延着整个河谷。每个星期五,正午之前,总能看见他们在银行兑换处前面,身穿粉色衬衣,头戴绒球帽,被妻儿簇拥着排队的景象。他们将宝贝绿篮子书包装满以后,便拎着它去迈阿密换时髦服装,昂贵的电子小玩意,或者口腔植入物。庄园继承人们将所有这一切看在眼中,脸上只露出一抹轻蔑的微笑。

参事将坎波斯的这点财产分成小份。他阅历丰富,深谙人性,因此将大份分给了妇女,因为他知道,她们决不会在几天之内将钱花个一干二净。一无所获的只有艾弗兰,那个被参事称作迷途者的人。参事觉得他不真诚。而阿达拉却收到了双份的财产,一份给她,一份给她腹中的胎儿。贾迪知道艾弗兰是孩子的父亲,也知道那做父亲的是不会管孩子的。玛丽居亚和桑戈尔也得到了他们的财产,虽然他们还留在原地。玛丽居亚没有护照,她要回山村去建立一个妇女合作社,教她们种植巴黎蘑菇。桑戈尔决定陪伴她,他也许会在诊所里做些医疗辅助工作。经历了这些年的风风雨雨之后,他们终于决定结婚了。

就这样,一切重新开始。正如参事所说的一样,这一天并不是彩虹民族的终结,而是新生活的开始。贪婪与凶恶将他们从坎波斯驱逐出去,却给了他们寻找另一片土地的机会。这正是参事在他们离开的前夜对他们说的,他同时把钱和一小块天空图发到每个人手中。参事从他的法国父亲那里继承了表演天分,又从他的乔克托人母亲那里继承了冷幽默的本领,黑色的眸子燃着小火花。

他眼看着坎波斯居民们一群一群迷茫地逃走。

拉法埃尔既没有跟奥德海姆,也没有跟奥蒂,而是跟贾迪在一起。他和克利斯蒂安一起把牲口集合起来,卖给了阿里约的农民,把没有卖掉的母鸡、火鸡、克里奥尔芒果、熟甘蔗和玉米穗分给了大家。他是在特里戈的眼皮底下这样做的。那家伙曾经宣称,坎波斯应该"保持原状",也就是说里面的东西应该毫发无损。然而,公证员还是让他的几个警察拿走了一些家具,其中就有玛丽居亚晚上坐着绣花的那把小椅子。

就在坎波斯居民离开的当晚,"伞兵"带着他们的孩子来到这里,看看有什么东西可抢。夜里,他们就住在"天屋"里,贾迪、克利斯蒂安和拉法埃尔只好躲进观察塔。

拉法埃尔非常愤怒,老人却似乎没有感到丝毫苦涩。他说:"我们走,他们来,本该如此。"

参事真的相信唐·阿尔达贝托·阿朗萨斯在《旅程》

和公证员的支持下实施这起行动,是为了让那些衣衫褴褛的穷光蛋有个安身之所吗?拉法埃尔耸了耸肩。他耽搁了时间,夜晚就要结束,他已经来不及搭乘去南方的第一辆车了。最后,他干脆就地睡倒,头枕着包,身上裹了件衬衫挡冷。贾迪在旁边守着他,就像他和爹爹刚刚来到坎波斯的第一个夜晚一样。

他们在巴伦克又见面了。

是艾弗兰·科尔沃发出的信号。他给韦拉克鲁斯、夸察夸尔科斯、比亚埃尔莫萨……沿途车站周围的旅馆都留了信,使大家彼此获得了消息。拉法埃尔和贾迪找到了奥蒂和她在卡门教派的城市的小组。奥蒂苍白而疲惫。过河的时候,由于风急浪高,她在渡船上着了凉。很快,感冒又转成了肺炎,她说她不能再往前走了。拉法埃尔和克利斯蒂安把她带到公路边,拦了一辆车,把她送到昌波坦,后来又去了坎佩切。

他们在一家简陋的旅馆住下,在地下室弄了一个大房间,房间只有一块胶合板与旁边的酒吧隔开。奥蒂和大肚子的阿达拉,还有贾迪的两个教女雅琪与玛拉合住一间。为了赚点钱,克利斯蒂安和拉法埃尔周末在酒吧里帮忙。医生来看了奥蒂,给了她一些抗生素胶囊。星期天晚上,路过酒吧的一个汽车司机通知他们:你们的巴西朋友在巴伦克等你们。那人用一种奇怪的表情打量着奥蒂,一个裹着披巾、散着头发、眼睛烧得亮亮的大美人。克利斯蒂安担心他报告警察。第二天傍晚,大家便乘火车去了巴伦克。凌晨,他们下了车,向村庄的方向走去。奥蒂的步子一摇三晃,手捂着胸口。太阳升起来了,空气开始变得闷热。快要达到村子时,他们在树阴下停住脚,好让奥蒂休息一会儿。她出汗很厉害。她拒绝再住坎佩切那样的简陋旅馆了,她说自己感觉好些了,想和大家一起待在废墟边,就睡在外面。她让克利斯蒂安去打听消息。拉法埃尔和贾迪留下来陪姑娘们。奥蒂在树下躺倒,头枕在包上。

黄昏时,克利斯蒂安回来了。他带回了苏打水、馅饼①,还有一些黄芒果。他找到了旅行者们。艾弗兰·科尔沃和一位农民商量过了,大家可以在谷仓里过几夜,可以在村子的小店里买些鸡蛋、牛奶和饼干。谷仓旁边还有一口水井。

队伍出发时,太阳已经落向地平线。离开村庄时,他们看见高大、幽暗的绿树顶上浮现出庙宇的屋顶,被夕阳的余晖照得发亮。废墟上有一座高塔,拉法埃尔觉得这里很像坎波斯。奥蒂什么也不看。她弯着腰,双唇紧闭,只顾顶着沉闷的空气前进。

谷仓和地里全都挤满了人。坎波斯居民的队伍里又混进一些着装奇怪的男孩和女孩。他们身穿雇工②的无领衬衫,白色短裤,凉鞋上只有一根带子,上面嵌着玻璃珠子,刚好把脚尖遮住。这些就是艾弗兰召集到的人,大家聚集起来,准备一起向南走。按照习俗,他们在谷仓的门上钉了一块大彩虹萨拉佩③作为门帘。

---

① ② 原文为西班牙语。
③ 一种颜色鲜艳的毛料披风。

贾迪不大高兴。他在谷仓里腾出一块地方,把萨拉佩扯下来铺在地上,让奥蒂躺着休息。不过,他没有指责任何人。

晚上,大家谈起了目的地岛屿。它叫半月岛,在柏利兹海岸上。是参事选择的那块地方。

奥德海姆和拉法埃尔用树底下捡来的树枝在谷仓门口生了一堆火。日落后,夜凉似乎渐渐从土地里涌出来。小虫子到处乱飞,往火焰上直扑。夜蛾,甚至还有红通通的大蟑螂爬在姑娘们的头发上,男孩子们看见了,开心地大笑起来。

拉法埃尔和奥德海姆在火上熬最后一点努里特茶,那是把剩下的干树叶和玉米粉混在一起做的。但好味道已经没有了,树叶离开了故乡,也便失去了效力。由于海岸上太潮湿,叶子都发霉了。男孩子们陪着艾弗兰一起进村,买来了几升可乐,还有宾宝面包。

谢丽娅克说起岛屿:"在那儿,大海又温柔又清澈,就像河水一样。海里的鱼可多了,只要在沙滩上点一堆火,鱼群就会忙着从水里跳出来。"谢丽娅克喜欢讲故事,孩子们都围在她身边。有些孩子不知道什么是大海,还以为大海就像他们五月里去洗澡的卡梅库阿罗湖一样呢。

后来,谢丽娅克开始边弹吉他边唱歌,歌曲是玛丽居亚教她的。谢丽娅克的嗓音很尖,曲子是十三拍的,《康乃馨》,塔拉斯克高原的一首曲子,她在歌唱心中留存的坎波斯生活的点点滴滴。同时,她也在歌唱大家将要踏上的旅程,因为他们还要继续向南方前进,一直抵达那片可以将一切重新开始的崭新的土地。

拉法埃尔躺在地上,眼睛盯着火焰,他似乎望得见那座岛,那片沙滩,海浪击碎在沙滩上,棕榈树沙沙地响着。每当吉他声停下,他的想象才会有片刻的停顿。不时有不长眼的小虫子冲着人脸上直扑,一只笨重的蟑螂从黑暗中爬过,深深的草丛里,不知从什么地方传来吓人的蛇鸣声,还有狗吠声。

日子漫长而空虚。不过,这段时间对奥蒂很有好处,出发前,她可以好好休息一下。每天清晨,雅琪、玛拉还有母亲们都会带着孩子们到废墟去。孩子们在金字塔脚下的一片大草坪上尽情玩耍,有时候,他们还抬头仰望一拨一拨爬上神庙参观的游客。孩子们似乎形成了一道意外的风景,有些游客会把这些被太阳晒得黑黝黝的、又蹦又跳、翻着筋斗的野孩子和眼前的世界名胜一起定格为一帧永恒的回忆。

拉法埃尔、奥德海姆和其他几个男孩子陪艾弗兰一起去采蘑菇。他们以为这个巴西人要找的蘑菇就是玛丽居亚在坎波斯种植的那一种。可是,艾弗兰要找的是完全不同的东西:一种白乎乎的菌丝体,顶上扣着个蓝色的小圆盖,长在地里的牛粪中。艾弗兰一边用细树枝小心翼翼地把蘑菇扒出来,一边大笑:"呀吼,呀吼,呀吼!"

晚上,艾弗兰把采回的蘑菇放进锅里和鸡蛋一起煮。每个男孩都吃了一点,这时候,他们才明白究竟是怎么回事。他们起先是发热,然后是浑身发抖,神志不清。拉法埃尔看见一个巨人,系着缠腰布,身上涂着跟蘑菇伞盖一样的蓝颜色,脑袋拼命向后仰,眼球突出,尖利的牙齿顶着下嘴唇。奥德海姆呻吟着,蜷着身体躺在地上,中毒似的满嘴白沫。其他男孩也好不到哪儿去。只有艾弗兰一副心醉神迷的样子,他眼前的景象似乎更加柔美了,因为他躺在草地上,双臂交叉,试图勃起阴茎。云彩缓缓地从他身上飘过,他仿佛在享受宇宙的爱抚。恢复清醒后,他向大家吹嘘道:"我像你们从前的精神领袖一样认识了天空,我整晚都在跟天空做爱。"

拉法埃尔和其他男孩子病了一场,拂晓时,他们在谷仓后面把蘑菇烧蛋一股脑儿地吐了出来。

贾迪知道这件事以后,去找了艾弗兰:"你必须走了。你不配和我们待在一起。"他用一种异乎寻常的庄严的语调说:"你不配。"

巴西人没有争辩。他操着那混了一半葡萄牙语的混合语,不过或许在他看来就是正宗的埃尔门语,骂道:"蠢马!烂马脚!"①

这是一个踌躇的时刻。大家都不同意贾迪的意见。奥德海姆和大部分男孩都无法理解为什么要把艾弗兰赶走。艾弗兰是个强大的男人,他从前的冒险经历赋予他一种威望。他使大家放心。这一切都仅仅为了一份蘑菇烧蛋!

这件事以后,参事开始离群独处。日子还是变得阴郁

---

① 原文为西班牙语。

起来,老人独自待在远离谷仓的一棵大树下。拉法埃尔为自己卷进这起事件而感到羞愧。他承认艾弗兰辜负了他的信任,不应该再留在他们的队伍里。奥蒂成了彩虹民族的标志,因为她的年轻,美丽,她的爱的力量。她是自由的,即使克利斯蒂安也不拥有任何约束她的权利。一旦她恢复体力,她将会领导大家一直走到旅途的终点。

大家起程了,如同展翅飞翔的白蝴蝶。他们是不可打倒,不可摧毁的。奥蒂给了大家这种信念。老人依然陪着大家,但有时候,他会待上几天一言不发。他坐在围墙上,样子像个乞丐。没有人注意到。

拉法埃尔试着跟他说话,想要帮助他。但他并不回答,要说也只有只言片语。有一次,他忽然激动起来,狠心地对拉法埃尔说:"我现在是跟着你们走,但很快就要回家去咽气了。"看到他仍然没有放弃原先的计划,拉法埃尔感到很伤心:"没有你的帮助,我们怎么可能找到那个新的王国?"贾迪沉默了一会儿,说道:"现在就看你们的了。"他转过身,裹紧披巾,不肯再多说一句。

夜车载着大家西行。到了梅里达,大伙儿分成小组,像一个个家庭一样,以便分散在市中心的各家旅馆住下。拉法埃尔、奥德海姆、雅琪、玛拉和其他几个年轻人住在广场上的卡特德拉尔旅馆。贾迪、奥蒂、克利斯蒂安、谢丽娅克、双胞胎的母亲和孩子们住在十七号大街的一家旅馆。艾弗兰带着阿达拉和他的小组住在市政花园旁边的梅迪兹·波里奥旅馆。旅馆的房间简直像宿舍,墙上钉着吊环,吊环上挂着吊床。不过,浴室还算干净,有热水。

傍晚,拉法埃尔带着奥德海姆和年轻人们到广场上转了一圈。对他们其中的某些人来说,这还是头一回来到大城市。他们惊讶地打量着被霓虹灯照得灯火通明的大商场,种着高大的木兰树的花园,路边开满金凤花的大街。天气不冷不热,行人不慌不忙。这里跟河谷的粗鲁与嘈杂截然不同。马林巴琴乐队就在街上演奏,姑娘们穿着绣花裙子在街上闲逛,外国姑娘们穿着T恤和运动短裤,头发金黄金黄的,裸露的肩膀被太阳晒得通红。望着眼前的景象,拉法埃尔和奥德海姆终于可以忘记旅途的颠簸和对未来的忧虑了。

他们用埃尔门语交流,一个外国姑娘不解地问:"你们说的是什么语?你们是加拿大人吗?"拉法埃尔说是,好像这能解释一切似的。魁北克圣-让湖边某个偏僻角落里的语言。

姑娘们用怀疑的目光望着他们。他们已经洗过头洗过澡了,拉法埃尔还用除臭棒擦过,但他们的模样仍然像是在树下过的夜,衣服灰蒙蒙的,脸颊上胡子拉碴。

尽管如此,她们还是同意和小伙子们去广场上喝一杯橙汁。她们叫罗茜、布兰妮,反正是类似的名字。她们是明尼阿波利斯的学生,因为放春假,来尤卡坦半岛做短期旅行,体验一下异国情调。

拉法埃尔想,他们很容易就能把她们领到房间,跟她们做爱,然后把她们忘掉,就像对曼萨尼略和科利马的姑娘们一样。与此同时,他感到体内产生了一种痛苦,一种虚空,因为在巴伦克发生的一切,因为老人的静默与离群。

姑娘们陪他们来到卡特德拉尔旅馆。她们向睡觉的屋子里望了一眼,看到了那些吊床。她们笑起来,罗茜说:"简直像个蝙蝠洞!"

在梅迪兹·波里奥旅馆,他们找到了艾弗兰和分裂分子们。他们的旅馆比较现代,内院四角建有水泥柱。年轻人嫌空调太吵,都在外面的塑料椅上坐着。内院尽头,一只脏兮兮的笼子里养了一只野孔雀,它正在来回转悠,沙哑地叫唤着。空气里尽是柔和的气味,甜丝丝的,混着曼陀罗和玛丽-珍妮的味道。

艾弗兰的欢迎热情得有点过头。他请大家抽大麻卷烟,转了一圈,最后,只有罗茜和布兰妮各抽了一口。"对了,老人家怎么样啦?"

艾弗兰知道拉法埃尔爱贾迪,不想说他的坏话。他觉得一切都是误会,他要想法挽回。他操着他的混合语说:"大家集合!"然后把两只手交叉在一起。

艾弗兰的队伍里来了几个拉法埃尔曾经在巴伦克见过的年轻人,几个穿着百慕大短裤①的嬉皮士,还有几个穿着黑衣、眉毛和鼻子上穿了镍环的面色苍白的姑娘。他们是从北美洲来的,是加拿大人,还有一个法国人。他们说话的声音很轻,几乎什么也没说。

艾弗兰解释说,他认识老人家想去的那座岛屿。在柏利兹,宽阔的围栏那边。渔民可以划船把大家送过去。

---

① 一种齐膝的紧身短裤。

艾弗兰把一切都算计到了。他想接手贾迪的工作。他嘴上不说,但心里清楚,贾迪已经不再是参事,他已经变成了一个老疯子。而他,艾弗兰,将会成为彩虹民族的首领,他将成为国王。

他们沿着海边通往土鲁的路一直向南走。路面是白色的,从矮小的树林中穿过。路上挤满了卡车,小汽车,生锈的大众,巴士出租车,还有旅游车,车上写的是些超现实主义的名字:鹦鹉旅游,玛雅之地,加勒比的印第安人,老海盗,弗兰明高!

车窗玻璃是太阳镜的颜色,空调吹着冷风,旅客们正在以每小时一百二十公里的速度前进。他们统共要了两辆车,艾弗兰把全部座位都买了下来。奥蒂和克利斯蒂安坐在第一辆车的前排,拉法埃尔和奥德海姆坐在车尾,引擎旁边。贾迪坐在中部,他那灰色的身影夹在一车年轻人的中间。孩子们要么在中间的走道上跑来跑去,根本不听司机的命令,要么蜷在一起睡觉,梦中还吮着手指。

车子在菲里佩·卡里约·普埃多广场上的一只大百事可乐瓶旁边停了一会儿。司机开始吃玉米饼,喝苏打水。旅客们坐在广场上瘦小的刺槐树树阴下。孩子们啃过宾宝面包,又去排队上公厕。广场旁边有一座黏土构造的大教堂,没有钟楼,屋顶呈半圆柱形,样子很像防原子掩蔽室。这是"巴朗纳",从前的玛雅平民起义者建造的防御工事。拉法埃尔进去看了看。里面空荡荡的,只有三个巨大的黑色十字架,其中一个十字架上还挂着一条女人的裙子,让人觉得孤独、凄清,仿佛这是一座沙漠中的防御工事。

贾迪很累。他脸色不好,他那衰老的印第安人的脸颊灰蒙蒙的。旅行刚开始,他就站在一边痛苦地喘气,他的心和肺都在忍受折磨。他坐在草地上,背靠大树,奥蒂坐在他身边。他的衣服很旧,头发失去了光泽,胡子也长了出来。那天早晨出发前,他说:"我看不到目的地了。"他不愿喝拉法埃尔递给他的温苏打水,奥蒂只好用浸湿的手帕给他擦了擦脸。

大家都变了。他们不再像彩虹民族的人民,而是成了一群浪迹天涯的乌合之众。男人胡子拉碴,女人蓬头垢面,眼睛都被夜染黑了。只有孩子们还是漂漂亮亮的。他们还是那么无忧无虑。他们的皮肤被太阳晒黑了,头发的颜色变淡了,但眼睛仍旧笑嘻嘻的。他们在花园里翻筋斗,用两三种碰撞在一起的语言唧唧喳喳地说话。

奥蒂还是那么美丽。她的衣服弄脏了,蓝披巾也沾满了灰尘,但她的脸上容光焕发,头发像黑丝缎一样,她的微笑还是那么自由。是她在帮助阿达拉,抚摩她的肚子,按摩她的腰。

南方的路不好走,坑坑洼洼的。路从林中穿过,形成一个白色的切面,运送树干和石材的卡车打从这里经过。路边的斜坡上,死狗的尸体形成一块一块黑斑。天空中,路的正上方,秃鹫在盘旋。

拉法埃尔想,如果没有奥蒂的话,大家肯定会放弃的。他们会停在什么地方,或许是一片沙滩上,一直待到把什么都忘掉为止。或者,他们会回头去找艾弗兰一伙人,沦落为他的臣民,醉醺醺的,笼罩在玛丽-珍妮的烟雾中。

晚上,他们到了切图马尔。空气湿热,可以听见虫鸣声。奥蒂和克利斯蒂安在长途汽车站边的两家旅馆租了房间。这里有一条大街,街上有免税店,因此比较喧闹。商店的橱窗里挂满了手表、衬衫、领带、手提包,清一色是假货。酒吧和汽车里的音乐放个不停。年轻人太累了,路走不动,人群也懒得看。他们要么睡吊床,要么就地躺倒。拉法埃尔到惟一的浴室里去洗澡,可是,当他把冷水龙头打开时,管子里喷出来的竟然是蟑螂。

晚上,贾迪不舒服起来。他觉得冷。阿达拉发现了,赶紧喊救命。奥蒂陪在老人身边睡,好让他觉得暖和些。天亮后,是否继续出发成了问题。老人挣扎着,跟跟跄跄地爬起来。他说自己感觉好多了,大家没有时间再耽搁了。于是,大家重新上车,向边境出发。

路上,过了圣塔埃莱几公里之后,贾迪看到一块康塞赫村的指示牌。他用这个发现证明自己的幽默感还没丢,他说,这就告诉大家,他们走的方向没错。当晚,队伍在柏利兹中心的一家老客店住下,那里从前是奴隶区。

柏利兹市成了孩子们的游乐场。他们一整天都在街上跑,从码头跑到水渠,然后经过转桥,一直跑到乔治要塞。

在大人们眼中,这座城市又拥挤又压抑,可是在孩子们眼中,这里实在太好玩了。通往海边的斜坡,小广场,有阳台的房子,有拱廊的马路,路上熙熙攘攘,各种肤色的人挤在一起,闹哄哄的:来自牙买加和海地的安的列斯岛民,戴着巴拿马草帽的混血儿,穿着迷你裙的姑娘,体态丰满的太太,森林里来的浮雕般的玛雅人,坐在旅馆露天咖啡座上品杜松子酒的英国人大声说:"我说,这是个粗鲁的国家!"① 语言呢,有英语、西班牙语、玛雅语,还有来自非洲的波戈波戈语,那是一种克里奥尔语,说起来像唱歌一样。拉法埃尔于是产生了一种天真的联想:"他们像我们一样说埃尔门语!"这还不确切,他觉得自己好像来到了一个一切都混杂在一起、一切都被重新创造出来的国度。

贾迪不再动弹了。白天,他就坐在旅馆内院的一把大乌木椅上。自从那次脑子出了问题以后,他就不再走动了。他一动不动地坐着,双手平放在椅子的扶手上,脖子靠在高高的椅背上。他不抱怨,也不说话,只是有时会做手势让人给他递杯水,或者陪他上个厕所。他毫无表情,面如死灰,已经长到披肩的头发中夹杂着根根银丝。他惟一的装扮,就是每天早晨让奥蒂帮他刮脸。

他的身边围着很多人。孩子,妇女,忠于他的人们。奥蒂每天都花很多时间来陪伴他。她坐在地上,一只胳膊搭在扶手上,握住他的手。她轻声地跟他说话,要么用她家乡那温柔的语言,要么用英语。她在说她的岛,应该跟贾迪战争期间待过的那座岛很相似。她说,在那儿,一切都会重新开始。她说:"我们会在沙子里种我们需要的东西,我们可以吃到海鲜,孩子们会慢慢长大,他们要学习更多的星座,

---

① 原文为英语。

他们会变成水手,渔民。"她告诉贾迪,他们全都是他的孩子。大家会永远和他在一起。

贾迪没有回答。但奥蒂知道,她说的每一个字,他全都听见了,因为她看见,他的嘴角掠过一丝微笑。

有时候,还会有人来访。城里的善男信女听说了参事的事情,纷纷到他这儿来寻求安慰和祝福。他们带来了水果、面包和苏打水,放在贾迪脚边,作为献礼。在奥蒂的帮助下,贾迪抚摩了他们每个人的脸和头。

其实,贾迪向来远离宗教思想。他说,我们能够触摸与感知到的惟一的永恒,是世界的永恒。只有物质是真实的,我们以我们的情感与意识,跻身于宇宙智慧中的小小一隅。

于是,这座位于旅馆中心、铺着蓝白方砖、种着橡胶树和仙人掌的大院成了世界的中心,而坐在扶手椅上的贾迪成了中心的中心。

坎波斯终于被阿尔达贝托·阿朗萨斯得到了,并且给他带去了巨大的收益。律师是不是以为,通过发动对真正的乌拉尼亚的缔造者的这场战争,他将会捕获那块土地的神奇,使自己沾上神力,从而变得不可战胜呢?然而今天,他发现自己统治的不过是一小块干巴巴的山地,被一小股断断续续的硫泉浸湿,只剩下废墟、石碓、被雨水溶解的黏土围墙、一座杂草丛生的花园,还有那些从前犹太人留下的机械、变形的水泵、老掉牙的磨坊、生满铜锈的管子,如同土地呕出的一堆骸骨。

终于,是时候了,大家要动身去

半 月 岛

克利斯蒂安和奥蒂已经将一切准备就绪。彩虹民族剩下的居民刚好坐满两条渔船。拉法埃尔和奥德海姆负责收集生活必需品,主要是罐头,还有从中国人那里买来的袋装米、奶粉、肥皂、火柴、取暖用的灯油、蜡烛、可以维持几周的水囊。

他们租的是两条旧木船,船上用的是长轴舷外发动机和修补了无数次的船帆。其中一条小船叫"笑鸟号"①,掌舵的是个名叫马里约的年轻人,另一条叫"薇薇号",船主是位名叫杜格拉斯的老人。旅行者们听到了船和水手的名字,乐得停不住。终于有了些轻松的事情,聊以减除忧虑。

艾弗兰和他那帮人不走。他们在乔治要塞区设施齐全的公寓住了下来。拉法埃尔去看他们的时候,那伙人都在花园里抽烟。艾弗兰用他夹杂着葡萄牙语和英语的混合语嘲笑他说:"你们真是疯了!你们想到那儿去干吗?你们会渴死的!"

拉法埃尔没有回答。艾弗兰从来都不会错。这个越狱

---

① 原文为英语。

犯好像已经在柏利兹实现了他的梦想。他觉得在这里,自己可以在法网中游刃有余,抽他的烟草,晒他的太阳。他根本没有过问阿达拉和即将出生的婴儿的情况。

渔民说的是克里奥尔语,其中夹着一点西班牙词语。他们很幽默。孩子们登上"薇薇号"的舷梯时,抱怨鱼腥味太重,老杜格拉斯却说:"渔夫是不会嫌鱼腥的。"职业使然。

贾迪得由两个人抬着上船,一个在前,一个在后。他已经筋疲力尽,脸部痛苦地皱缩着。拉法埃尔和奥德海姆让他躺在船尾,给他的背上垫了一卷缆绳。阿达拉坐在船头,双腿叠放在一侧,样子如同船首头像。

尽管时间还早,阳光已经很厉害了。码头上,人们都停住脚步看开船。有的旅客在拍照。克利斯蒂安付过了回程费用,十天后,渔民会来接大家。没有人知道下面将发生什么。

引擎发动了,小船顶风开出河口。海面风平浪静,海中央可见星星点点的冲积带。开到海中间时,大围栏轰隆隆的响声已经盖过了引擎的声音。"笑鸟号"和"薇薇号"并肩行驶,彼此间保持着二十米的距离。第一条船上,奥德海姆坐在前面,贾迪和孩子们在后面,拉法埃尔坐在舵手旁边。第二条船上,奥蒂站在船头,抓着桅杆上的缆绳。阿达拉就坐在她身后。克利斯蒂安和其他人坐在船尾,旁边是盖着破破烂烂的防雨布的生活用品。马里约指着天边一块宽阔而平坦的土地对拉法埃尔说:"那就是图尔内弗岛。"两条船在重负之下吃水很深,细小的波浪舔着船舷。

船向着太阳的方向行驶了很久。海上空荡荡的,海面被风吹皱,泛着灰蓝颜色。两条船从岛屿边绕过时,可以看见岛上被风吹弯的椰子树,还有渔民的小茅屋。船的正前方,水面被撕开一条白浪。

到达之前,渔民们升起了主帆。那些破旧的、五颜六色的三角帆一齐被风鼓起来,霎时间,船过水面处,形成一个深色的漏斗,四周滚着一圈汹涌的浪花。

所有船客都站起来,除了贾迪和阿达拉。"薇薇号"第一个经过。太阳照着奥蒂的脸,风鼓起她白色的长裙,她那一头乌黑的头发随风飘荡。这一刻,她美极了。拉法埃尔望着她,幻想着未来。孩子们趴在船舷上,准备见证第一艘船像鸟儿一样冲出潟湖,潜入深蓝色大海的时刻。贾迪闭着眼睛,海风和阳光使他的泪水在脸上直流。

随着一阵瀑布般的声响,"笑鸟号"进入了与礁石齐平的水面。引擎开动后,整条船开始颤抖。潟湖乳白色的水面渐渐远了,白鸟在大家头顶上盘旋,是海鸥和鲣鸟。前方是一连串的小岛,浅滩尽头矗立着灯塔。两条船向着岛屿前端弯弯的礁石方向开去。

现在,领导我们的是奥蒂了。上岛之后的第一个夜晚,她希望大家仰望天空。

晚饭很简单,大家用煤油炉煮了点米饭和菜豆。吃完饭,她便领着我们去海岸向风的一面。这里有被风干的石珊瑚侵蚀而成的黑色峭壁,海浪一旦撞上去,立刻散成大圈大圈的波纹。这里是海鸟的聚集点,黄昏时唧唧喳喳很是热闹。

奥蒂站在高高的沙丘上,凭海临风。太阳一下子落进海里,夜色从大地上浮起来。

天狼星已经出来了,后面跟着大熊星座的整条星带。旅行者们坐在沙丘上,仿佛一群海鸟。孩子们累了,他们在椰子树间的沙地上挖了坑,便很快睡着了。

拉法埃尔和克利斯蒂安把贾迪也抬到高高的沙丘上,在这里,他可以看见大海。他不说话。他是不是想起了广岛,想起了他为了躲避战争曾经躲过的岩洞?或者,他想起了波尔多,他曾想去那里找回父亲?

现在,他知道自己永远也回不了加拿大河上科纳瓦的家了。

大家出发之前,艾弗兰来和旅行者们告别的时候,曾经说了一句狠话。他望着蜷缩在旅馆客房被窝里的贾迪说:"他就要葬身海底了。"拉法埃尔很生气,眼睛里含满泪水。他预备跟艾弗兰打一架,但奥蒂让他冷静,她说:"他会一直和我们在一起的。"

夜幕降临,鸟儿都安静了。它们栖息在离旅行者不远的矮树丛中。海浪的声音传来,仿佛一种深沉的、缓缓的呼吸,一排海浪涌过来,撞在礁石脚下,使活着的人身体里也激荡起一阵波涛。

太阳虽然已经落下,沙丘上还笼着红光。奥蒂如同一尊斑岩雕像。拉法埃尔想起在坎波斯的秃山上与她共度的那个夜晚。他想起她身体的温度,想起自己身体里绷紧的欲望,想起像月亮一样张开的幸福,好像一切都会永远保持

209

开始的样子。现在,他望着奥蒂,他感觉到她心脏的跳动,而现在却是时间的另一头,一切都结束的时候。

这座岛是世界的尽头,岛屿之外再没有其他东西了。孩子们在海里玩,在海里疯。

然而,大人们累了。他们知道生活品不够,他们还能坚持一个星期,如果省着点用,或许能维持两个星期。

很多人已经下定决心。他们要回家去。他们的亲朋好友在等着他们。这是无可厚非的。

阿达拉的孩子就要出生了,但不是在这片干旱的石子地上,这里没有水,也没有树阴。奥蒂在柏利兹的乔治要塞的产科为她定了一张床位。

"薇薇号"十天以后会来这里,把她带走。艾弗兰动了慈悲之心,承诺要照顾母子俩。

贾迪就要死了。或许他本不该做这趟旅行。可是,这天晚上,拉法埃尔望着他的时候,发现老人的脸上浮现出一片光明。贾迪躺在沙丘上,双腿像胎儿缩在母腹中一般蜷曲着,在笼罩整个岛屿的夜色中,他闭着眼睛。他看不见星星,他听不见海浪声,也听不见开始夜间捕猎的鲣鸟发出的短促的鸣叫声。

安东尼·马尔丹在做梦。

是梦吗?他滑进两片珠光色的云朵之间。那是一个温柔恬静的去处,正像礁石滩上缓缓向前推进的沙床。白鸟和黑鸟不知疲倦地在礁石上方盘旋。德内族的老公公曾经跟贾迪说,有些秃鹫是神灵,它们在高入云际的天空中盘旋,从不落到地面上来。

战争的喧嚣已经过去了。当初,冲绳岛和广岛曾经一片混乱,B-29投下磷弹。敌人占据的山冈上,重机枪突突不停地扫射。硝烟弥漫在空中,遮天蔽日,夜晚却可以依稀看见红色的微光,仿佛是许许多多个落日重叠在一起。

如今,一切都消失了。时间,如同一只在犄角上撞碎的玻璃匣子,散落成光滑的碎片,闪着珍珠的光彩。

安东尼·马尔丹还能做梦。他听得见孩子们在黑暗中的沙滩上嬉闹的声音。他们嚷嚷着,互相吓唬,惊得鸟儿嘎嘎叫着飞起来。

安东尼回忆起他的青年时代。他觉得未婚妻就在自己身边。她叫阿莉丝,这名字温柔如她的面庞,顺滑似她乌黑的长发。这是一个能够消灭战争的名字,一个鲜花和绿树的名字。

安东尼感觉到她的体温,好像他一伸手就能触到她的脖子,让自己的手滑向她的胯弯。他闻到她头发和皮肤的芳香。

战争很快就要结束了。他要回到科纳瓦,回到阿莉丝的身边去。士兵们已经撤离。他站在广岛高高的山冈上,望见水手们把橡皮艇推进水里,从咸水湖明净的水面向宽广而湿润的密歇根划去。

岛屿是海洋上的一只平静的木筏。岛上只有风吹过荆棘丛和棕榈树的沙沙声,还有海浪拍击在礁石上的哗哗声。傍晚,鸟儿都聚集在岛屿西端的黑色岩石上。战争的惊天动地曾经把它们吓跑,现在,它们又回来了。

安东尼静静地坐在岸边。饿了,他就坐在地上慢慢向前挪,从一块岩石挪向另一块岩石。海鸟都认识他。它们围着他边飞边叫,一点也不怕。安东尼好似一只行动迟缓的老龟,脑袋缩在肩膀里,蜷缩着双腿。他把手伸进鸟窝,把鸟蛋掏出来,吮吸那带点咸味的稠液,这时候,鸟儿会抗议。有时候,雌鸟确信他要把手伸到自己热乎乎的肚皮下面摸蛋了,便会啄他几下,只啄几下。那鸟儿长得很美,亮晶晶的黑眼睛里不含柔情,也没有恶意。岛屿是一个纯净而蛮荒的世界,不是人的世界,是鸟的世界。

有时候,碰上落潮,安东尼便会爬上礁石捉海胆和蚶子。他并不下水,只在胳膊上拴一根隐蔽的铁丝,然后把手伸到水里去叉海胆。他在沙滩上把海胆的刺壳敲碎,再用嘴把珊瑚色的海胆肉吸出来。他喝海水,用椰子汁漱口。

他在山坡上找到一些咸水池,水上,苍蝇嗡嗡地盘旋着。他把战争时留下的伤口和疤痕,还有那被盐腌出的疖子浸泡在水中。

他把自己半埋在沙里睡觉,身旁就是螃蟹。下雨了,他就在棕榈树下躲雨。夜色苍茫,夜凉如水,寂静无声。每晚入睡前,安东尼都会望着星星在天上慢慢亮起来。他觉得自己的瞳孔好像扩大了,空间之水通过他的瞳孔流进他的体内。

有一天,他发现山坡的一侧有个山洞。长满甘薯的白色土地上横着一些风干的、发黑的尸体。这是在轰炸中死去的士兵。他们的尸体都被烧焦了,身体也支离破碎,姿势稀奇古怪。老鼠和螃蟹啃过他们的面颊,吃空了他们的内脏。他们也许是敌人,死后都成了无名者。

安东尼用一片玄武岩挖了一条沟,把尸体埋进去。他没有在墓地上立石碑或木牌。几星期,几个月之后,这里将被藤蔓覆盖。有一条红色的藤蔓盘成一条长辫子,爬过整座岛屿。安东尼非常喜欢那条辫子,因为它是活的。

有时候,安东尼太孤独了。他坐在岛屿西端远眺天边。什么也没有。他想到阿莉丝,想到他离开故乡后出生的儿子。于是,他开始说鸟的语言,他从喉咙里发出咕咕声,呼呼声,哼哼声,他喊着"呀——呀克——哟!"鸟儿飞过来把他围住,与他相互唱和。

贾迪又回到了那座岛屿。珠灰色的天空下,他望着夕阳渐渐沉入大海。数不清的日日夜夜过去了。孩子们就在他身边,阿莉丝也来了,她的身体还像年轻时一样结实。他听见的她声音,孩子们的声音。他们都回来了。连鸟儿也回来了。他们坐在沙滩边的矮树丛里。安东尼倾听着他们呼唤他的声音。孩子们咿咿呀呀的声音是多么甜美啊!

黎明时,安东尼·马尔丹睡去了,再也没有醒来。他停止了呼吸。阻塞在他脑中的那个血块使他的心脏停止了跳动。

奥蒂醒来时,发现老人双手冰凉,已经没有任何生命的迹象了。她没有惊奇,因为几天以来,贾迪一直不吃不喝。她用椰子汁给他擦洗,然后像把婴儿包进襁褓一样把他裹了起来。

消息很快就传开了。太阳尚未完全升起,女人和孩子们已经轮流来看望慰问,吻他的面颊。

阿达拉起不了身。只有她不敢过来,孩子在她腹中翻筋斗,小脚踢蹬着她的腹腔,急不可耐地想要出来。孩子压得她动弹不得。沉重的,是生命。死亡是轻盈的,如同微风拂过。

克利斯蒂安、奥德海姆和拉法埃尔把贾迪的尸体抬到了临风的沙滩上。这是一个美丽的日子,海面波平如镜,一片蔚蓝。第一艘游艇已经过来了。游客们通常不靠岸,只停在大围栏边,从那里潜水,或者去灯塔,从塔上观看海中心的深色的大洞。渔民们会给他们编出无数个关于洞里住着的大鱼的故事,或者给他们讲通向一次地震中消失的玛雅金字塔的海底隧道。渔民心里头都有他们想象的玛丽-珍妮。

男人们动手搭起柴火堆。贾迪从未安排过自己的死及善后事务。但大家都知道,能在这儿的沙滩上被火化,然后随海风飘散,他一定会高兴的。

他仰面躺在地上,双手交叉,平放在小腹上,两腿笔直。他那古木色的苍老的面颊向着蓝天,双眼紧闭。

每个人都带来一些风干的空椰子。在坎波斯,人们用它搭成一座金字塔,在塔里烧砖。贾迪被安放在柴堆中间。为了搭金字塔,奥蒂和雅琪开始摆放从沙滩上捡来的浮木,孩子们用椰子毛把木头之间的缝隙塞满。

大孩子们在干活,毛孩子们却在柴堆边欢笑、打闹。贾迪喜欢这样。他总是说,死亡并不是一件悲伤的事。

金字塔搭好之后，克利斯蒂安在椰子毛上浇上煤油，在四角依次点上火，好像在准备一场篝火晚会似的。

一开始，由于盐的缘故，椰子没有完全烧起来。那腾起的白烟，二十公里之外的柏利兹港都能看到。过了一会儿，炽热的炭火便烤得厉害，大家不得不远离沙滩，到沙丘上吹风去了。

鸟儿起先有点害怕，后来便都回来了。它们在海面上盘旋，穿过浓烟，继续捕食。只有小飞虫觉得不舒服，临风的沙滩原本是它们的领地。它们围着火光转来转去，不明白这是怎么回事，把叮咬孩子的事也忘记了。

柴火烧了整整一天，一直烧到晚上。没有声音，也没有火焰。没有游客过来。这或许是参事在他生命中收到的一份最深挚的敬意。

夜里，柴火仍然在燃烧，不过已经变成了一层薄薄的炭火，海风不断将其中的火星扑灭。第二天，海风会把烟灰吹散，把参事的骨灰埋葬。

这是一个没有月亮的夜晚，可以观看星空。可是，没人有心情。孩子们被太阳晒了一天，被炭火烤了一天，全都累了。奥蒂和克利斯蒂安准备了晚饭，是米饭和海藻粥。惟一的奢侈品是一瓶切片菠萝罐头。

食物只能维持四五天，顶多还能熬一个星期。没有人知道船什么时候能来。"薇薇号"坏了，是老杜格拉斯上个星期来送粮食和淡水的时候亲口说的。也许马里约和他的船被玛丽-珍妮的交易绊住了。拉法埃尔说，如果"笑鸟号"再不做决定,大家就该点火向警方求救了。

  吃完饭,每个人都在沙丘的背风处为自己挖坑睡觉。拉法埃尔目不转睛地望着忽明忽暗的炭火,一直望到眼睛疼得睁不动为止。他的脑子里什么也没想。他感到脸上、手上都是炭火的热气。他倾听着一浪接一浪的涛声,就像从前曼萨尼略海滩上一样,那是从世界尽头涌来的海浪。

  夜半时分,鲣鸟们醒来,摸黑向海里飞去。他听见一阵轻微的唧咕声,然后,在更近一些的地方,他不知道究竟在哪里,传来吃力的呼吸声。他知道,是奥蒂和克利斯蒂安在沙丘里做爱。

  溃乱开始了。

  "笑鸟号"再也没有回来。老杜格拉斯早把事情忘到九霄云外去了。旅行者成了海上遇难者。参事死后,暴风雨一直没有停息。狂风暴雨把大海变成了一个绿色的疯子,再也没有搭载潜水游客的船只靠近。

  阿达拉在树叶搭成的棚子下面呼吸急促,剧痛难忍。临产前的阵痛持续地折磨着她。奥蒂为了迎接孩子的出生,用水囊接了雨水,还准备了一些干净的布。她很有把握地说,小时候,她曾经在塔希提岛帮人接生过。

  后来,救援终于赶到。几个穿着英式咔叽布制服的巴西海岸警卫开着汽艇来了,是艾弗兰从琥珀岛报的警。

  海浪太大,警察在近岛还有一段距离的安全位置,向水里放了一条橡皮船。他们先把阿达拉和孩子们救上船。下午晚些时候,另一条大一些的汽艇开过来,把剩下的旅行者都救了出来。

长官斥责奥蒂说：

"您不知道这座岛屿是保护红脚鲣鸟的天然公园吗？"

奥蒂什么也没回答。于是，他转身对水手们用克里奥尔语吼了一句，大家完全可以听懂："这帮混蛋游客！"

阿达拉和孩子们被送进了乔治要塞的医院。孩子们患的主要是脱水，还有饮用海水引起的腹泻。但阿达拉的情况严重得多。胎位不正，她必须接受剖腹产。外科大夫是个英国老兵，肤色红红的，留着老式的络腮胡子。当助产士把孩子抱给阿达拉看时，仍然处在麻醉状态中的阿达拉觉得，这仿佛是大夫的孩子，因为孩子也和他一样，红通通、皱巴巴的。后来，她才把孩子抱在胸前，婴儿开始贪婪地吃奶。

"他叫做什么呢？"外科医生问。阿达拉不敢用"亚当"，于是答道"大佬"（普里莫），因为这是她的第一个孩子。

孩子出生的第二天，艾弗兰来了，他填写了相关的身份表。他和组里的年轻人决定留在这个国家。他想在沙滩上开一家小饭店，再弄一些吊床供来来往往的嬉皮士过夜。他和阿达拉与琥珀岛的一个渔民达成协议，以委托遗赠的方式买下一小块沙丘。每人都得到了自己的一份。他对拉法埃尔说："金子，那里。金子！"他还用蹩脚的埃尔门语说："都结束了，大佬不用再奔波了。"阿达拉选择留下，和艾弗兰一起冒险，这令大家很沮丧。

奥蒂决定和克利斯蒂安一起，带着彩虹民族剩下的人继续向北走：玛拉、谢丽娅克、维佳和她的女儿、汉娜、梅尔

217

塞德，还有已经在半月岛非正式结婚的奥德海姆和雅琪。谁知道要去哪里呢？白令海的鱼汛已经开始，大家都可以在阿留申群岛的罐头厂找到工作。克利斯蒂安说，在那儿，大家可以住在沙滩上的小木屋里。那里是世界的尽头，大海就是花园。这倒是实现参事梦想的一个办法。

拉法埃尔·扎沙里没有和其他人一起走。在岛上，贾迪死去的时候，他身上的某些东西崩溃了。他找了一个长途电话亭，给狼河家中打了电话，得知爹爹已经出狱，而且戒了毒。他很想回故乡看看，尽管那里有太多不愉快的回忆。他也要北上，不过和大家走的路不同，他要步行，搭汽车，火车，或者在路边坐顺风车。他一路上都要工作。他很认真地考虑了一下，决定向中国人买些塑料玩具，带到集市上去卖。圣诞节就在眼前，正是赚点小钱的好时机。他也想到晚上在城市广场的木兰树下将会碰到的姑娘们，这使他眼睛发亮。他或许还想到了路上将会结交的新朋友，就像那个棕色皮肤、满脸天真、在他看来像个大哥哥、随处采集土壤样本的法国人一样。那个男孩叫什么来着？达尼埃尔，对了，达尼埃尔，他这么想着。

在殖民地旅馆的大厅里，大家聚在一起，共度最后一夜。克利斯蒂安和奥德海姆去车站预定出境汽车票了。奥蒂坐在贾迪临终前坐过的那把乌木椅子上。她系着一条缠腰长裙，把裙摆夹在两腿之间。她按照自己最喜欢的姿势，上身略带疲倦地靠在扶手上，左腿垫在右腿下面坐着。她刚洗过澡，头发还绞在一起。透过白棉布T恤，可以看见她的两个深色的乳头。她微笑着,神情平和而坚定。她示意拉法埃尔坐在她脚边。她知道他是来说再见的。她抚摩着他的头。他把头靠在她的腿上。他呼吸着她身上的气息,香皂和皮肤微酸的气味混合在一起,令他战栗。他记起了坎波斯石山的那个夜晚。那件事竟然已经过去了那么久,真像做梦一样。

他不愿与她分别。奥蒂用低沉而庄严的声音轻轻地对他说话。旅馆大厅里只剩他俩,其他人都不见了。她说到了贾迪:"他也会这么说的,你应该走,去过没有我们的生活。"是没有你,他想。她说:"哪怕你走得再远,孩子,你也会和我在一起,每一天,每一秒。"他想哭,可是她又说:"我们一定还会再见面的。"他想起来了,这是贾迪曾经说过的,就在大家离开坎波斯的时候。

第二天一早,奥蒂便下达了出发的命令。她严守礼节,为了去车站,她穿上了那条白色长裙,还在梳得整整齐齐的黑发上戴了一顶花环。她脱下凉鞋,像在莱阿特阿的家里一样赤脚走路。汽车将把他们带上西边的公路,开向贝尔莫潘、别霍河,一直向弗洛尔湖开去。克利斯蒂安给孩子们讲大森林,森林里矗立着提卡尔塔,古老的玛雅人从塔上观察夜空。他还给他们讲乌苏马辛塔河,他们要坐着大船过河,很大的船,大得可以承载卡车。

故事的芳香在空气中飘荡,大家都迫不及待地等待出发。这天夜里,没有人睡着。尽管有人 u 背叛,贾迪的孩子们还是装满了整整一辆汽车。

潟湖的莉莉

我一直在找你,仿佛我的生命由你决定。

在华雷斯西郊,在光秃秃的山坡上,奇瓦瓦墓地后面就是,墓地区,恩里克·古斯曼区,北区,自由地区,萨卡特卡斯区,夸特墨克区,马雅古城区,这是塔拉乌马拉印第安人生活的地方。土路从岩石间,从小茅屋之间蜿蜒穿过。莉莉站在高高的山冈上,望着沿河的、最后消失在远方沙漠中的边境线。边境线这边是广阔而迷茫的、灰蒙蒙的、闹哄哄的城市。她想,这就像是一座石子和泥巴的大高原,路上奔跑着那些忙忙碌碌的、不知疲倦的小虫子。边境线那边是富人区:笔直平整的公路、晶莹剔透的大楼、公园、游泳池,还有便是满目葱茏:绿树叶、绿草坪,直让她觉得恶心。

莉莉在这座城市待了多久?下车后,她没有留在市中心,她不相信旅馆、广场和"恶魔街"酒吧。恶鬼诅咒她逃不出自己的手心。她知道,整条边境线都是张开的陷阱。所以,她远离市中心,在山冈上北城区的住宅租了一个房间。

警察逮捕恶鬼的时候,莉莉已经在河谷的一个小房间里被关了整整两天。那是院子后面厨房边上的一间屋子,没有窗户,只有铁门底下透进一丝光线。第一天,恶鬼来到屋子里,一句话也不说,镇定自若地揍了她。他厚实的手掌扇来扇去,手指上的戒指把莉莉脸上、嘴上的皮都刮掉了。她没有叫,没有哀求,没有问为什么。她想,她要死了。

花园里的姑娘们知道她想逃跑,知道她把钱藏了起来,知道她换到了在黑市里多次转手的美元,知道她想走,永远不再回来。是她们揭发了她。

恶鬼的魔掌在莉莉的脸上、嘴上来回抽打,直到她一头栽下去才住手。与其说是可怜她,不如说是他自己打累了,是他的螺钿钮牛仔衬衫被血溅污了。莉莉躺在黑屋里,蜷缩成一团,一动不动,没吃没喝。第三天,她听到一个尖尖的嗓音在唤她,听不出那是姑娘还是老妪。有人像猫一样抓铁门,反复地询问着:"你听见了吗?你还活着吗?"莉莉向门口爬去,把肿胀的嘴唇贴在铁门上,艰难地发出了"警察"这个词。她保证什么都交出来,二十美元,一百美元。她想,那个人会相信她的,她知道花园里关于她私藏财产的议论。是唐·圣地亚戈给警察局打了电话。原来,那性情粗暴的老兵还是个多情之人。也许他爱上了莉莉,也许他和恶鬼发生了争执。

警察在红灯区的一家酒吧里逮捕了恶鬼。当晚,他们打开了屋门,莉莉走进夜色中。她不想去医院。她去了唐娜·蒂娜的家,老太婆正在椅子上冲瞌睡,她一句话也没说,搬开墙上的一块水泥砖,取走了里面一捆一捆的钞票,坐上了由托雷翁公路开往北方边境的汽车。黎明时,她看见太阳从沙漠上升起来。

边境线,是一张每一小时、每一秒钟都在呼吸吞吐的透气膜。莉莉租的房间①位于山冈的一侧。在这里的住宅区,永久性房屋取代了木板房和柏油厢。房间一律围着院子,院子里有厨房和粪槽。房间的墙壁是石灰水泥,地面是生砖。房间有一扇装栏杆的窗户,里面有简易家具,床头还挂着带耶稣像的十字架。房子既整洁又安静,月租三十美元,需要提前预支。房东是一对普通夫妇,四五十岁模样,有三个孩子。房客一律是单身的年轻女子,只有一个女人带着个很小的孩子。众所周知:她们都是移民申请者。她们有些人在市里工作,要么帮人料理家务,要么在菲利浦的工业园里干活,要么在纺织厂做事。女房东唐娜·安吉拉总是劝告她们:"不要去酒吧和舞厅,晚上不要进城,不然,你们会进洛特布拉沃的,到了那儿,姑娘们全都被垃圾袋一裹,葬到地里去。"

　　她很清楚姑娘们来这里做什么,等什么,但她不愿意听到"丛林狼",也就是偷运者这一说。每天早上,姑娘们没事的时候,便要带上证件、信函和所谓的劳动合同,到边境的美国移民大楼去排队。每天中午,她们又会被赶出来。下面的事统统归"透气膜"管了。

　　莉莉不去边防局。恶鬼如果在什么地方安插了耳目的话,一定是在那里。她不相信任何人,包括海关工作人员。

　　她整天都待在唐娜·安吉拉家。她在等待。唐娜·安吉拉的孩子们很喜欢她,尤其是最小的那个男孩子,只有八

---

① 原文为西班牙语。

岁,他叫诺尔曼。他给莉莉看他养在院子尽头笼子里的小动物:三只大兔子,他给它们取名叫谢利、德林和劳拉。他规定其中一只是女孩。他每天给它们喂瓜果皮壳和剩玉米饼,但他好像还不明白,这些兔子迟早会进唐娜·安吉拉的杂烩锅。

晚上,天色暗下来以后,莉莉才和诺尔曼一起出门。空气不冷不热,河谷里的风已经停了,沙尘也落下了。落日红通通的。他们在房子附近俯瞰布拉沃河的一个沙堆上坐下来。他们欣赏着渐渐蔓延开来的夜色。租房的姑娘们也来了,她们席地而坐,有在水泥厂上班的南方姑娘马茹和首都姑娘埃莱娜,还有莉莉非常喜欢的贝伦,小姑娘纯洁可爱,T恤衫上印着她们工厂的标志,汤普森工厂的标志,胸前贴着两块带有人字形斜纹的蓝圈圈。莉莉决定跟她一起逃走。贝伦找到一只能用汽艇带她们从美洲桥下过河的"丛林狼"。

大家一边聊天,一边抽走私烟,喝啤酒。她们来这里是为了欣赏河对岸灯火通明的城市。有时候,唐娜·安吉拉和丈夫也会到这儿来,坐着折叠椅,在陡峭的河岸边静静地观望。在这儿,大家仿佛置身仙境。慢慢地,一排排路灯亮起来了,闪着橘黄色或幽蓝色的光。大楼一下子亮堂起来,挂着白色和黄色的大灯牌。接近市中心的地方,一家银行被绿色的探照灯照得亮晃晃的。高楼大厦的顶上,灯光招牌闪烁迷离。唐娜·安吉拉牢牢记着那些名字,她大声对姑娘们说:"速八酒店,金塔酒店,机场旁边是假日酒店,市中心银行多,国家第一银行就在那儿,还有市中心大咖啡馆,威尔士·法戈咖啡馆,海关左边是埃尔帕索最漂亮的旅馆卡米诺·真旅馆,旅馆顶上是'穹顶饭店',有钱人去那儿跳舞。还有那边,亮着红灯的地方,那是麦当劳的屋顶。"唐娜·安吉拉叹了口气,她答应孩子们有一天带她们去吃麦当劳的,与华雷斯这边的不同,那是有红色和白色塑料餐桌的真正的麦当劳,服务小姐都穿着制服,花园里有秋千和滑梯。

　　姑娘们聊着各自的生活,各自的经历。埃莱娜说,进莱维斯工厂前,她得先接受一项检查证明自己没有怀孕,于是,她花十美元向同事买了一份尿样,因为她的确有孕在身。其他姑娘说,监工会偷看她们在浴室里脱衣服,有的姑娘在工厂门口被皮条客带走,再也没有回来。她们还谈到一些有趣的事情,无聊的爱情故事,她们也会收到情书和鲜花。贝伦说有个男孩在等她,他参了军,为的是能拿到居住证,她准备去科罗拉多找他。她把他的照片拿给大家传阅,姑娘们用一只打火机照着看,原来是个肤色很深的男孩,剃着平头,粗粗的脖子紧紧勒在准尉的无领上衣里。

　　一天晚上,贝伦轻轻地敲响了莉莉的屋门。是时候了。她们悄无声息地溜出门去,心扑通直跳。她们只带了能塞进手提包里的随身物品:证件,换洗内裤,卫生棉和口红。贝伦额外带了一枚神章。莉莉把美元装进塑料袋,用橡皮膏贴在小腹上。在外面的泥巴路低处,有一辆出租车在等候她们。前排,司机旁边坐着一个瘦瘦的男人,满脸奸猾,头上戴着一顶牛仔帽,他就是偷运者。

　　他们在桥边下了车。两个姑娘跟着偷运者穿过栅栏破损的排水沟。这里的气味很难闻,一股阴沟的味道,死水的味道,污泥的味道。排水管通向与桥面垂直的混凝土斜坡。探照灯射出刺眼的黄光,让姑娘们的心扑通扑通跳得更厉害。那人把汽艇放进水里,一言不发地把两个姑娘推到艇上。他开始轻轻地划桨,好让小艇不要打转。河面很宽,混凝土码头、栅栏和瞭望台所在的对岸仿佛远在天边。四周很安静,现在是黎明前的时刻,连狗也睡着了,只有桥下的探照灯发出嘶嘶的响声。水流很急,打着漩,激起阵阵浪花,偷运者用身体稳住小艇的方向,免得它打转。刚划到对岸,他便示意她们跳进水里。莉莉感到两腿间冰凉的河水浸透了衣服,她惦记着贴在肚子上的钱袋,但是,她没有伸手去摸,以免引人注意。姑娘们一直走到岸边,抓住桥墩旁的树枝。偷运者下令说,在他回来之前,她们不许自己爬上坡去。他向河上摸索过去,不一会儿就被夜色吞没了。他一走,她们便开始不顾一切、分秒不停地向坡上爬去。钻过一扇破损的栅栏时,由于洞口太小,她们不得不把身体紧紧贴在地面上。她们来到马路上,面前是空荡荡的高楼大厦。现在,这里如同一座废墟之城,没有各式各样的招牌,也没有五颜六色的灯光。她们在人行道上贴着墙根慢慢地走,衣服紧紧粘在身上,软底鞋啪嗒啪嗒直响。她们冻得浑身打着哆嗦。后来,她们终于在长途汽车站边找到一家开着门的咖啡馆。她们可以在那里洗脸,重新擦上口红,把散乱的头发梳好,把牛仔裤、T恤衫上的泥土擦掉,静静地等待天明。

不知何日,也不知何时

这是拉法埃尔一说再说的。有时候,参事在坎波斯居民受逐之前的预言反复在我脑中萦绕,正像拉法埃尔对我说的一样:他有一个恐怖的梦,梦见老人赤着身子站在他家门口,浑身是汗,眼睛睁得大大的,目光一片迷惘,好像发了疯似的。在他的梦中,沉睡了五十年的火山苏醒了,岩浆和火山灰从大山的豁口处涌出来,一股黑流正在埋葬田野和村庄。

二十五年之后,我又回到了这里。过去的岁月中,我在布兰维尔(滨海塞纳省)的阿尔封斯-阿莱中学教授历史和地理。我母亲忍受了漫长的折磨后去世了,病痛(直肠癌)一直在啃啮她的内脏。她和我祖母热尔梅娜、我祖父于连团聚在蒙特勒伊公墓:巴莱家族在那儿享有一块永久墓地。在小楼上整理堆积的文件时,我找到一些关于我父亲阿兰·西里图的资料:照片、证件,还有一些书信,其中有一封是我母亲寄出的,寄往巴拿马运河区,但地址旁边盖着一枚红戳:查无此人,退回寄件人[①]。我想起来,这是我少年时

[①] 原文为英语。

代听艾维斯·普雷斯利①演唱过的一首歌的歌名。我不敢打开信封,不敢看信里的内容。

我知道,阿兰·西里图并不是什么英雄。我很早就不再相信他战死沙场的善意的谎言了。我知道,但我不记得自己是怎么知道的——也许是听到班上同学唧唧咕咕的议论——他逃到国外去了,过上了新的生活。我母亲从来没有得到过抚恤金或勋章。她从不说谎,她惟一的妥协就是同意——在她婆婆的压力下——我在学校所有表格的"父亲职业"一栏中填上:去世。

我那浪迹天涯、四海为家、始乱终弃的父亲——毕竟,时间能够抹去一切——没有对我产生任何伤害,只是当我想到他给母亲的心灵带来的空虚时,会感到几许轻微的苦涩。看到这只没有寄出的信封时,我突然意识到:正是为了它,为了这个远在天边的地址,我才会选择特帕尔卡特佩河作为我在协助发展组织研究的对象。发现自己的决定毫无意义之后,我感到自己的嘴角掠过一丝微笑。

我不想追溯过去的历史。我把所有书信、证件和照片统统扔进壁炉里烧掉了。我更愿意想象,在广阔世界的某个地方,在某个我从未听说的国度里,一位老妇同他的孩子们——我的同父异母的兄弟姐妹生活在一起。我不知道为什么这个想法让我觉得好受一些。我觉得这样更符合我的信念和信仰。我相信人类的基因库是同一的,不相信一切

---

① 艾维斯·普雷斯利(1935—1977),美国摇滚乐巨星,也称猫王。

部落与种族的差别。人类命运中的偶然问题,对我而言,却是最根本的价值观问题。插一句题外话,我没有孩子,我觉得自己挣脱了未来一切血缘关系的危险。

因此,我决定在有生之年开始第二次地理学旅行。既然非洲人的信仰(根据阿玛杜·罕伯特·巴,特别是普勒人的信仰)已经得到证实,而我又的确过了六十三岁,成了一堆行尸走肉,我就不得不想到,这是我此生最后一次旅行了。我不会再为那荒凉的河谷做地质剖面图,也不会再为岛屿画土壤学地图,也许我会为鲁昂地理学协会做一次关于世界第二大珊瑚礁——伯利兹珊瑚礁的讲座,以纪念它的发现者卡米耶·杜勒。

时间已经不再是从前的时间了。至少,我感到,现在,时间对我来说实在是太有限了。在伯利兹,我没有再找一条渔船重做"笑鸟号"的旅行。我只是包租了一架叫做"吹笛者"①的小飞机,去半月岛上空兜了一圈。从上千米的高空俯瞰下去,这片咸水湖简直是一个奇观。对于一个心存梦幻的人来说,它就是一面倒映着夜空的明镜。泛着乳白色波浪的深蓝湖面上,从安贝格雷直到塔巴科、科隆布斯和莫斯基托暗礁,小岛宛若成串的珍珠,它们就是夜空中的星座。

我的驾驶员是以色列空军的老兵,英语说得很粗糙,开

---

① 原文为英语。

起飞机来也很鲁莽。他得知我的职业后,想要现场给我上一堂地理课。他把飞机倾斜过来,给我看大珊瑚礁。他习惯带乘客去潜水的地方,看到我上飞机竟然没有带潜水装备,他感到困惑不解。

灯塔坐落的珊瑚礁边停满了游船、快艇和小帆船。它们占据了原本属于龙虾垂钓者的位置。至于毒品犯,现在都隐没到民间去了。现在,毒品高速公路可以从哥伦比亚直达北美各大城市的中心。这里只剩下一些破帆船与游船对接,向游客出售在任何一条大街上都能买到的次品和巴西进口的过时香烟。

半月岛上竟然没有人,这是不多见的。我们的小飞机顶风停在珊瑚跑道上,惊起一群海鸥。小岛被信风一扫而净,光秃秃一片。趁着驾驶员在驾驶座上打盹的工夫,我沿着黑色的礁石向岛屿的最北端走去。岛上荆棘和藤蔓密布,因此,想要走遍岛屿是不可能的。

我不时看到粗俗的野餐者留下的垃圾:生锈的啤酒罐、玻璃瓶、塑料袋。我在风声海声中弯着腰向前走,这一刻,我忽然想,彩虹民族的旅行者们固然心怀美梦,但怎么会想到在这样一片寸草不生的石子地上建立起他们未来王国的基地呢?我甚至没有看到这座岛屿因之著称的海鸟——红脚鲣鸟,看来,它们的确有昼伏夜出的习惯。

现在,海风吹拂下的沙滩就在我的面前。一片反射着阳光,与其说是白色,不如说是灰色的沙滩,一条破碎而狭窄的珊瑚带。我在这里待了很久,背朝海风,想象着将参事的尸体烧成灰烬的柴火。那余下的骨头,若不是被岛上惟一的陆地居民螃蟹搬走，一定在假沙里被碾碎了。

　　向南端的跑道返回途中，我发现一棵椰子树下有个石洞，洞里长出一棵老岩树，又矮又黑，树干上长着许多疙瘩。我毫无理由地认为，这是拉法埃尔种下的，为了纪念贾迪。回程中，我问驾驶员，是否知道从前在这里生活过的人们。我一定是没问清楚，因为他竟然跟我谈起在森林里生活的蓝色的克里克族人①和西班牙哨岗②的门诺③派教徒聚居地，并且说，他可以把飞机开过去让我看一看。我明白了，彩虹民族没有给这里留下任何回忆，他们已经随风而逝。我决定再也不回河谷去。有一些地方，无论你在那里生活得幸福还是不幸，都不可能再回去了，都不可能满足于从那里短暂地路过。我得到的二手消息都不好：经济危机、对外移民、银行的势力与日俱增。朗波里奥也换了地址。唐·托马斯被排挤出去之后，人类学家们觉得，维尔多拉加庄园的老式贵族别墅那高高的天花板，帆布吊顶，还有蓝色彩釉瓷砖喷泉池都太缺乏学术气氛，他们在城外原先种菜的土地上，投巨资兴建了一座小型掩体式的现代化水泥建筑。搬家之后，朗波里奥也改名换姓。从今以后，它改叫知识中心，有点奢华的名字。至于唐·托马斯，他已经退休，回到特帕尔卡特佩河源头的基杜班村去了。他在那里的生活成日被书籍包围着，被他的小侄子、小侄女簇拥着，还不时接见一些挚友。

---

①② 原文为英语。
③ 门诺（1496—1561），荷兰人，基督教新教再浸礼拜中之一派的创始人。

还有胡安·亚居斯,我从阿朗台帕亚给他打了长途电话,他说几天前刚见过唐·托马斯。托马斯的状态很好,只是因为糖尿病的缘故,双目几乎失明了;他好像还跟亚居斯提到我,说没有收到我的信,很伤心。我忽然想到,托马斯现在应该和坎波斯居民受逐时参事的年纪差不多大。我感觉到,从某种角度说,朗波里奥与坎波斯的经历有着某种逻辑联系。

我沿着绿色的海滩向前走,把卡特来兰举在肩上。日落时分,海浪轻轻拍击着沙滩。一群鹈鹕擦着水面飞过,咕咕哒哒地叫着,仿佛一支空军中队开过。我拉着卡特来兰在海边跑,她开心地咯咯笑。圣·胡安城隆隆的喧闹声传入我们耳中,正如眼前啃啮着礁石的海浪。

卡特来兰是达莉娅最后一个养女。她十个月大的时候,母亲就在医院里病死了。血检证实,孩子也被感染了。其实,她的本名叫卡塔琳娜,但达莉娅为她选择了这个花名,或许是为了纪念斯万和奥黛特①,我们同居时,我曾让达莉娅读过那本书。小姑娘是深色皮肤,而卡特来兰开的是白花儿,但我却认为这名字很适合她。她小小的心里充满了爱。小丫头今年才四岁,可爱的小脸蛋,卷卷的小辫子。我也立刻将她收为养女。她叫我达尼叔叔。每天早晨,我都会来洛伊萨找她,带她去海边。我带她看海鸟,我们一起在海边捡落潮时留下的贝壳。一开始,她在沙滩上

---

① 法国作家普鲁斯特的长篇小说《追忆似水年华》中的男女主人公。

边喊边跑,不一会儿就跑累了,我于是让她骑在我的肩膀上。接下来,受累的就轮到我了。

我们坐在沙滩上。夏天天气不好,游客很少。沙滩上有一些流动小贩,有时候,还有家长带着孩子过来玩,他们泡在海水里,开心地打闹着。我很爱卡特来兰,她不需要在沙滩上挖小坑,做小饼,她可以几个小时静静地坐在那里不动,数她的贝壳,或者只是四下里瞅瞅。她会自言自语,吱吱喳喳像小雀子一样,把英语词、西班牙语词,还有达莉娅教给她的一些法语词混在一起。我听着她唱歌般的说话声,忽然想起河谷里的人听到拉法埃尔和奥德海姆讲埃尔门语时对他们说的话:我小时候也是这么说话的。也许,孩子们总是准备革新我们的语言。

我来到波多黎各,并不清楚是为了什么。不是因为思乡,也不是出于好奇。这是不期然的,有没有意义并不重要。洛伊萨的房子和达莉娅从前跟我描述的一模一样。

这是一座带有游廊和阳台的小木屋,铁皮屋顶凹凸不平,红色的锈迹斑驳可见。这里没有圣·胡安的有钱人为了显摆身份为别墅装点的花饰与石柱,这不过是一座普普通通的老屋,高大的玻璃门关不严实,每当有暴风雨过境,门上都得用活动板加固。达莉娅告诉我,在她的祖母罗伊的时代,这里曾经是出售食品和五金制品的商店,楼上还有房间。达莉娅的母亲死后,她的兄弟们想把这块地皮卖给房屋出租商,但达莉娅坚决不同意,她回国正是为了此事。起初,她在这里收留有困难的儿童、家庭,尤其是遭到抛弃和虐待的妇女,有时还接收吸毒者。与此同时,她还去医院照看艾滋病患者。现在,这间屋子已经住不下了,它主要是低龄儿童的托儿所、幼儿园。达莉娅雇来了各国老师:南美洲的、欧洲的,还有越南的。她甚至还请来了一位日本音乐老师,叫做伦子。

我刚来时,并没有一眼认出达莉娅,但我没有犹豫很久。她的眼睛还是泛着那种明亮、温和的褐色。她整个人还是那样生机勃勃,走起路来还是那样漫不经心,拖着凉鞋①,头微微向一侧歪着。

看到我,她并没有露出惊讶的神情。她没有询问我的生活,也没有提起过去。她现在非常忙碌,没有时间来享受温存。我原本只打算待一天,顶多两天。可后来,我留下了。是卡特来兰把我留下的。对于我这样一个没有后代的人来说——我认为自己是有道理的,没有再给这个人口膨胀、民不聊生的星球增添新的负担——这个活泼而孤独的小娃娃的出现深深地打动了我,以至于我无法用语言将这种情感表达出来。

达莉娅没有再生孩子。现在,法比已经长成大人,他是佛罗里达一家大型进出口公司的商务代表,结了婚,有了自己的孩子。他父亲,那位前革命者,人类学家,在特古西加尔巴教书,现在也已经退休。至于安吉尔,没有人知道他的下落,但我不难想象他在圣·萨尔瓦多当出租车司机的模样,这是许多桑地尼斯特革命老兵的命运。

傍晚,达莉娅和我聊了一会儿。我们坐在游廊下,倾听

---

① 原文为西班牙语。

着城市里的喧嚣。我相信,这些年来,她一定有过男、女情人,他们在她的生命里来了又去,却不曾留下一丝痕迹。为了捍卫自己的尊严,从埃克托手中夺回法比的行动渐渐成了她生活的一部分,她觉得这就是自己来到地球上走一遭的理由(这样说有点夸张,为什么一种自然现象非得需要一个理由呢?)。

达莉娅现在已经是个老妇人了,但时间并不曾使她憔悴。往日里身材苗条,机灵得像屋檐上的猫一样的她,现在已经变成了体态臃肿的老太婆,但她脸上的多重特征却日益明显。她有些地方像玛丽安·安德森①:突出的前额、灵活的目光,还有梳成大髻的一头浓密的头发。她有着加勒比巧克力似的古铜色皮肤和安达卢西亚人生硬的轮廓。然而,从来不曾改变的,是她对所谓女性特征的轻蔑:她从不戴珠宝耳环,总是穿家常旧衣服和军服:下身是一条粗布休闲长裤,上身是口袋里塞满纸和圆珠笔的长袖衬衫,脚上趿着人字形拖鞋。

她跟我谈起她看着长大的孩子们,她从大街上拉回来的姑娘们,还有她在医院里陪伴送终的女人们。我明白了,她用自己的生命换得了别人的生命。她倾听她们的诉说,在她们和官员、警察之间周旋。她替她们写信,向银行申请贷款,为无法偿还的贷款申请缓期支付。她当然会得罪人,我猜想,她一定树敌不少。

---

① 玛丽安·安德森(1897—1993),美国女歌唱家,是第一位登上纽约大都会歌剧院演唱的黑人。她的歌声内敛饱满,被誉为当代最美妙的声音。

晚上十点钟,我和她在一起。依然有姑娘来找她谈话,依然有电话打过来,依然需要她做出决定。忽然,我发现,将我们彼此分开的这么多年并不重要。对某些人来说,时间并不是以同样的方式流逝的。我对达莉娅的爱停留在某一点,很久以前的某一点,并且再也没有改变。

她一定也有和我同样的想法,要么就是我们边回忆边喝的苦咖啡起了作用,她微笑着对我说:"如果换一个时间,我嫁的也许就是你。"

接近午夜时,她一直陪我走到我住的那家旅馆的大街。我们在街道上溜达着,呼吸的尽是金凤花的香气。她像过去一样抓住我的手,我感到她那宽大的手掌和过去一样,她的手指的肌腱,还有体温。我发现,我内心深处有什么东西开始活动了,那种我以为会永远埋藏下去的东西。

我仿佛又回到我们站在阿里约路上,准备和彩虹民族一同出发流亡的时刻。从那天开始,世界改变了。人们期待已久的革命不再会爆发,参事所预言的火山爆发也不再会出现(尽管这种可能性并未完全消失)。我想起我的地质学老师对每届新生必讲的笑话:什么叫做只爆发一次的火山?一座尚未二度喷发的火山。

在火山爆发之前,地球上最穷困的地区在时刻潜伏的战争与贫困中日渐萧索。只有大批逃难者如同海底涌浪一般,前赴后继地撞碎在边境的礁石上。没有什么值得乐观的事情。然而,将我们——达莉娅和我紧紧联系在一起的,使我们对生活仍然怀抱希望的,是我们坚信,乌拉尼亚真的存在,我们曾是它的见证人。